KB051946

우리의 21세기

# 우리의 21세기

전혜진 ★ 정명섭 ★ 정보라 지음

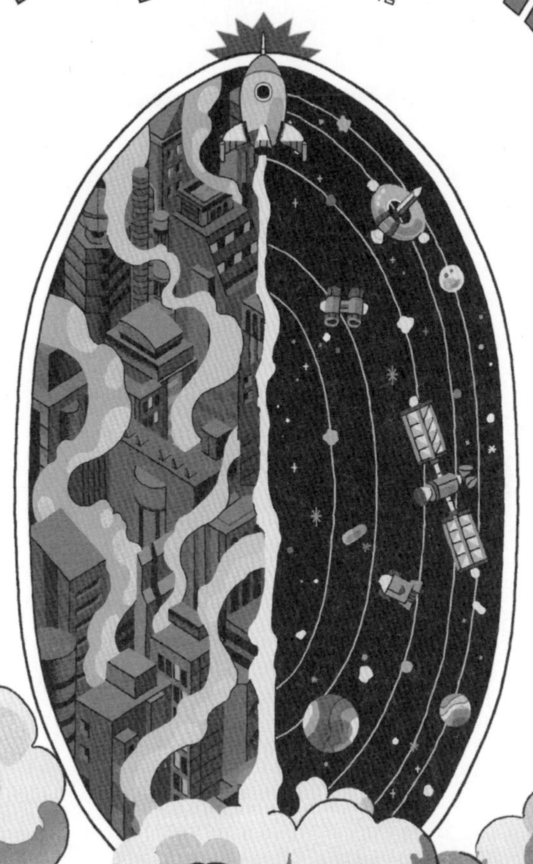

:: 차례 ::

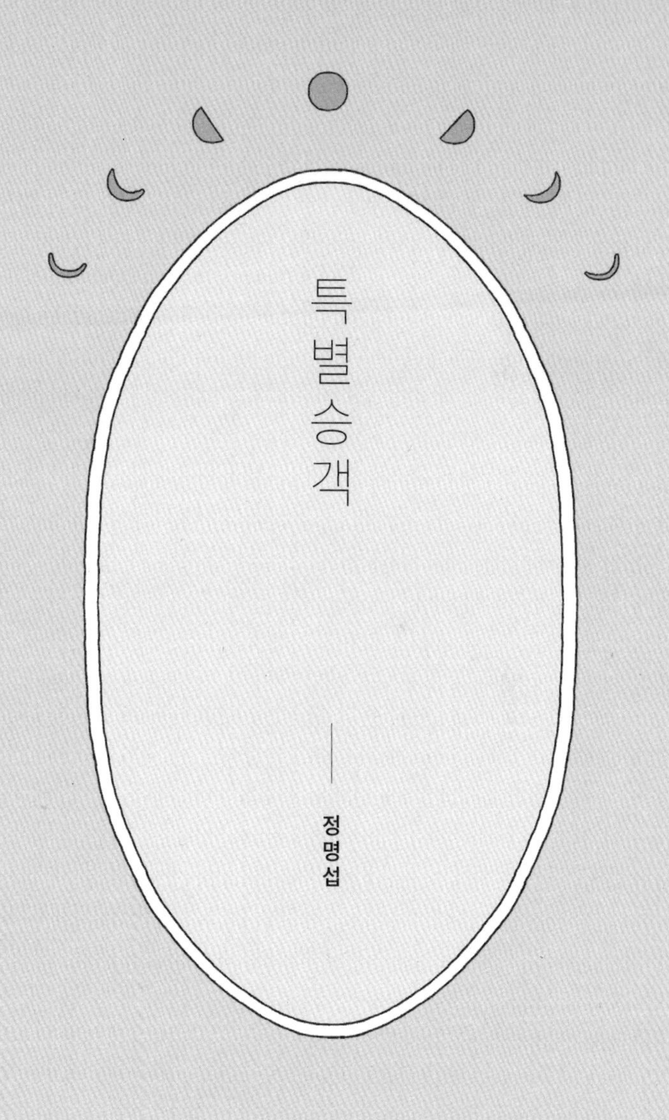

# 특별승객

정명섭

어린 시절의 철우가 우주를 바라보고 있으면, 아버지는 가끔 딴 곳을 보라고 했다. 왜냐고 물으면 아버지는 항상 다정하게 얘기했다.

"우주는 광활하기 때문이지. 인간의 시선이 미처 따라가지 못할 정도로 말이야. 계속 바라보다 보면 내가 어디에 있고, 어디로 가야 하는지 잊어버릴 때가 있단다. 그래서 인간들이 처음 우주에 나왔을 때 '우주 병'이라는 게 생겼지.

"그게 뭔데요?"

“조종간을 잡고 정체 없이 우주를 향해 가는 것이지. 우주를 그저 바라보다 목적지를 까맣게 잊어버리고, 기다리는 사람들이 있다는 걸 망각하는 거야. 그러니까 우주를 바라보고 도전하되 항상 다른 세상이 있다는 걸 잊지 마. 그래야 올바르게 살 수 있단다.”

“하지만 테오도스 아저씨는 크레딧을 많이 버는 게 중요하다고 했어요.”

순간 얼굴을 찡그린 아버지는 다정한 표정으로 철우의 머리를 쓰다듬었다.

“올바른 것은 변하지 않는다. 항상 그렇지.”

꿈은 항상 거기에서 끝난다. 아버지는 이제는 존재하지 않고, 아버지처럼 의지하던 테오도스 아저씨는 배신했고, 그 대가로 우주 속의 먼지로 사라졌다. 내가 잠에서 깬 이유는 동료인 클레이가 아버지처럼 머리를 쓰다듬었기 때문이다. 클레이는 비록 외계인이지만 함께 모험하는 와중이라 친구이자 멘토 같은 존재였다. 비록 지구 나이로 열여섯 살인 철우보다 한참 나이가 많은 330살이지만 말이다. 녹색 몸통에 두 개의 손가락을 가진 손과 턱 아래 꿈틀거리는 더듬이를 가진 클레이가 물었다.

"표정을 보니, 꿈에서 아버지를 만난 모양이네요."

"네."

클레이는 철우를 안쓰러운 표정으로 바라보았다. 철우는 아버지를 잃고, 어린 나이에 행성 간을 운행하는 우주 택시 기사로 일하다가 어떤 사건으로 운송 조합과 사이가 틀어지고 말았다. 우연히 알게 된 클레이와 함께 우주를 떠돌아다니면서 여행 중이었다. 도중에 다양한 일을 의뢰받아 생활 비용을 충당했다.

인류가 환경오염으로 더는 살 수 없게 된 지구를 떠나 우주로 진출한 지 수백 년이 흘렀다. 그 사이 인류는 행성 곳곳에 자리 잡았고, 외계인들과도 접촉하게 되었다. 그러면서 행성 간에 사람이나 물자를 운반하는 우주 택시가 많아졌다. 철우가 잠에서 깨어 하품하는 동안 클레이가 자기 종족이 쓰는 통신 장치를 가져왔다. 작은 은빛 공처럼 생긴 통신 장치는 클레이가 속한 종족 간의 텔레파시를 증폭시켰다.

"의뢰가 하나 들어왔어요."

"어떤 일인가요?"

"모르시카나 행성에서 손님을 태워 달라는 거예요."

"어디로요?"

철우의 물음에 클레이가 얼굴을 찡그리며 턱 밑에 달린 더듬이를 흔들어 댔다.

"그게… 모르두아 행성이라고 했어요."

"모르두아면 모르시카나 행성 근처잖아요. 정기 여객 우주선도 많을 거고, 직접 우주선을 몰고 갈 수도 있을 텐데요."

"의뢰 내용이 뒤죽박죽이었어요. 진짜 의뢰하는 건지 의심스러워서 확인 메시지를 보냈는데, 이후에는 답이 없네요."

"뭔가 이상하군요."

"거기다 방금 우주선의 통신기로 홀로그램 메시지가 수신되었어요."

클레이의 얘기를 들은 철우는 손목에 차고 있는 통신기를 켰다. 그러자 수신된 홀로그램이 흐릿하게 떴다. 금속 보호복에 산호 호흡 장치를 어깨에 멘 대머리 남자가 말했다.

“저는 모르시카나 행성의 광산을 관리하는 광산 연합의 치안 장관인 스키드마입니다. 우리 행성 근처를 지나는 모든 우주선에 알립니다. 현재 모르시카나 행성은 광부들의 폭동과 모래 폭풍으로 혼란한 상태입니다. 모든 착륙장을 폐쇄한 상태고, 폭동과 폭풍이 진정될 때까지 정기 여객 우주선을 포함한 모든 우주선의 착륙을 금지합니다. 여러분의 안전을 위한 것이니 부디 협조해 주시기 바랍니다.

광부들의 폭동으로 정화시설이 파괴되어 대기가 불량한 상태입니다. 착륙장 역시 관제 장치가 일절 가동되지 않을 예정이니, 비상 상황이 생기면 위성 궤도에 있는 광산 연합의 감시 스테이션과 접촉하시기 바랍니다. 최대한 빨리 사태를 안정시키겠습니다. 여러분의 안전을 위한 것이니 협조를 부탁드립니다.”

철우는 대머리 남자의 홀로그램이 사라지자 고개를 갸웃거렸다.

"이상해요."

"왜요?"

"뭔가를 감추려는 것 같잖아요. 내용의 상당수가 오지 말라는 거고, 사고 원인은 모호하게 말했어요."

"광산 연합에서 얘기한 대로 광산 쪽에서 사고가 나긴 한 거 같아요. 하지만 사고의 규모라든지, 원인은 제대로 나와 있지 않네요."

클레이의 설명을 들은 철우는 침대에서 일어나 조종실로 향했다. 그곳에서 행성 항로 조합에서 업로드한 메시지들을 확인했다.

"항로 조합에서도 모르시카나 행성에 대한 접근 금지 권고가 내려왔네요. 그 이유가 광부들의 폭동과 사고 때문이라고만 나와 있어요. 원래 착륙장의 안전만 보장되면 접근해도 상관없는 것 아니었나요?"

"그렇긴 하죠. 아무리 문제가 생겨도 우주선이 착륙해야 물자를 보급받을 수 있으니까요."

클레이의 얘기를 들은 철우가 고개를 들어 조종실 유리 너머의 우주를 바라보았다. 반짝거리는 별들 어딘가에 모르시카나 행성이 있을 거라 생각했다. 조종석에 앉은 철우는 탑재된 인공지능 에이시스를 호출했다.

"에이시스!"

"네, 주인님."

"모르시카나 행성의 현재 상황을 파악해 줘."

"현재 파악 불가능합니다."

예상 밖의 대답에 놀란 철우가 물었다.

"행성이랑 통신이 안 된다고?"

"광산 연합에서 대기 불량을 이유로 통신망을 모두 차단했습니다. 하나 남은 통신망은 광산 연합에서 작동 중인데, 같은 메시지만 송출하고 있습니다."

"어떤 메시지?"

"비상사태가 선언되었으니, 어떤 우주선도 행성에 착륙하지 말라는 겁니다."

"외부와의 연결을 차단하려는 것 같군."

혼잣말처럼 중얼거린 철우가 뒤따라 조종실로 들어오는 클레이를 바라보았다.

"승객은 어디서 기다린대요?"

"바순이라는 곳으로 온다고 했어요. 모르시카나 행성의 중심지인 기례방에서 24그리드 떨어진 곳이죠."

인공지능 에이시스가 눈치 빠르게 홀로그램을 띄웠다. 기례방에서 선을 쭉 뽑아서 바순으로 연결한 홀로그램 영상을 본 철우가 클레이에게 물었다.

"여기에 착륙할 만한 곳이 있어요?"

"2급 착륙장이 있습니다만, 폐쇄된 상태에요. 다만 근처에 정식 관제를 받지 않는 폐쇄된 4급 착륙장이 하나 더 있죠. 만날 장소를 바순 4라고 한 걸 보면 여기일 가능성이 커요."

"하지만 폐쇄되었다고 했잖아요. 유도 장비가 없으면 위치를 못 찾을지도 몰라요."

"어차피 주변이 평탄한 모래 지형이라서 그냥 착륙해도 상관없어요. 아마 그걸 알고 바순으로 와 달라고 한 거 같네요."

"아무래도 이번 승객은 정상적인 상황은 아닌 것 같죠?"

철우의 물음에 클레이 역시 조종석 밖의 우주를 바라보았다.

"모르시카나 행성은 오랜 기간 광산 연합의 지배를 받아 왔어요. 대기 조건이 좋아서 인간을 비롯한 여러 종족이 일하러 갔는데, 조건이 너무 가혹했죠. 광부들은 종종 권리를 쟁취하기 위해 투쟁을 벌였답니다. 하지만 광산 연합에서는 가혹하게 진압했고, 그 과정이 반복되면서 현재는 아예 의회가 폐지되고, 치안 장관이 통치하고 있어요."

"맙소사. 예전에 지구에서는 그걸 '독재'라고 불렀다고 들었어요."

"비슷한 상황이죠. 이전에도 분쟁이 있었지만, 지금처럼 외부와의 연락을 끊어 버린 건 처음이에요. 아무래도…."

신중한 클레이는 말을 잇지 못했다. 무엇을 뜻하는지 어렵지 않게 알아차렸다.

"그냥 무시하자는 뜻이죠?"

"확실하게 의뢰가 들어온 게 아닌 데다가 모르시카

나 행성의 상황도 위험하고, 지금 우리 처지도 그리 좋지 않잖아요."

클레이의 말에 철우는 쓴웃음을 지었다. 철우는 아버지의 원수인 테오도스 아저씨를 죽인 이후로 택시 조합 측에 수배된 상태였다. 클레이 역시 자신의 행성으로 오다가 사라진 동족을 찾기 위해 연합 운송 조합의 조사원을 사칭한 혐의로 쫓기는 중이었다. 따라서 눈에 띄는 행동을 하는 건 위험했다. 만약 광산 조합에서 우리의 정체를 알고 신고라도 한다면, 정말 위험해질 수 있었다.

하지만 철우는 조금 전 아버지를 만난 꿈을 생각했다. 항상 올바른 일을 해야 하고, 어려운 사람을 도와야 한다고 강조하던 아버지는 신념대로 살았고, 존경을 받았다. 그런 아버지의 모습을 보면서 자란 철우에게는 그냥 지나칠 수 없는 문제였다. 고민하던 철우가 중얼거렸다.

"올바른 것은 변하지 않는다."

그러자 클레이가 더듬이를 꿈틀거리며 말했다.

"항상 그렇듯이."

놀란 철우가 바라보자, 클레이가 더듬이를 쫙 뻗으면서 대답했다.

"아까 잠꼬대하는 걸 들었어요."

"돌아가는 상황을 보면 모르시카나 행성에서 안 좋은 일이 벌어지고 있다는 뜻이죠?"

철우의 말에 클레이가 고개를 끄덕이며 대답했다.

"우리에게 의뢰한 승객이 굉장히 위험하고, 어려운 상태인 것도 확실해요."

대답을 들은 철우가 씩 웃었다.

"망설일 이유가 없잖아요. 에이시스."

"네, 주인님."

"모르시카나 행성으로 몰래 들어갈 방법이 있을까?"

"이론적으로는 가능합니다."

"어떻게?"

인공지능 에이시스는 홀로그램으로 모르시카나 행성의 영상을 띄우며 설명했다.

"우주선의 모든 레이더와 전파 관련 장비들을 끄고, 모르시카나 행성의 자전 속도에 맞춰 완만하게 하강하면 됩니다."

그러면서 실선으로 하강 궤도를 보여 주었다. 클레이가 걱정스러운 말투로 얘기했다.

"관측 장비들을 모두 끄고 하강하는 건 굉장히 어려운 일이에요. 모르시카나 행성 상공에는 관측이 어려울 정도로 대기가 혼탁한 상태이기도 하고요."

"이렇게 하면 제때 도착할 수 있어요?"

"승객이 그곳으로 온다고 했어요. 시간은 정확히 모르겠지만요."

클레이의 대답을 들은 철우가 말했다.

"괜찮아요. 예전에 레이더가 고장 난 상태에서 소행성 지대를 통과한 적도 있는걸요."

철우가 자신 있게 얘기하자, 클레이가 가볍게 미소를 지었다.

"이 우주선은 금속이 아니라 우리 행성에 사는 수상 생물의 외피를 이용한 거라고 했죠?"

"네."

"금속이 아니라 전파 장비를 끄면 우주선이 아니라 그냥 떨어지는 운석처럼 보일 거예요."

"잘해 볼게요."

조종석에 앉은 철우는 조종간을 잡고 심호흡했다. 어릴 때 아버지의 우주 택시에서 조종간을 잡았을 때의 긴장감이 떠올랐다. 이후 수없이 조종간을 잡았지만, 그때의 떨림은 여전히 그의 머리에 남아 있었다. 마음의 준비를 끝낸 철우는 클레이가 옆자리에 앉는 걸 보고는 인공지능 에이시스를 호출했다.

"엔진 출력을 최대한 줄이고, 레이더와 전파 관련 장비들을 모두 꺼."

"그렇게 하면 지표면과의 충돌 위험성이 69퍼센트로 올라갑니다. 괜찮겠습니까?"

"광산 연합의 감시망에서 벗어날 방법은 그거밖에 없다며?"

"맞습니다. 정상적으로 진입하면 99.21퍼센트의 확률로 탐지될 겁니다. 엔진 출력을 최대한 줄이고, 외부로 발산되는 전파와 레이더 장비는 모두 가동을 중단합니다."

전자 장비들이 하나씩 꺼지는 소리가 들렸다. 계기판이 꺼졌고, 마지막에는 손을 흔든 인공지능 에이시스도 사라졌다.

"잠시 후에 만나요. 제발."

인공지능 에이시스의 마지막 농담에 클레이가 킥킥거리며 벨트를 찼다. 철우 역시 벨트를 차고 다시 조종간을 잡았다. 두 사람을 태운 우주선은 모르시카나 행성의 대기권에 접어들면서 점점 속도가 붙었다. 위치, 속도, 상태를 알려 주는 계기판이나 인공지능이 없어서 이제부터는 순전히 조종사의 감으로 가야만 했다. 우주 조종사에게는 정말로 피하고 싶은 순간이지만, 어린 나이부터 우주 택시를 몰아 온 철우에게는 낯선 일은 아니었다. 하지만 클레이의 우주선을 운전하기는 처음이라 긴장되는 것도 사실이었다. 긴장감이 눈에 띄었는지 클레이가 긴 팔을 뻗어 철우의 어깨에 손을 올렸다.

"잘할 수 있으니까 너무 긴장하지 말아요."

"그럴게요. 이 우주선은 지면에 충돌해도 잘 버티죠?"

"수상 생물의 외피라 물이라면 잘 버텨요. 하지만 땅은 어려울 수 있어요."

슬그머니 손을 뺀 클레이의 말에 철우는 난감한 표정을 지었다. 그러는 사이, 우주선은 모르시카나 행성의 대기권을 통과했다. 공기가 존재했기 때문인지 우주선이 흔들거렸다. 조종간을 꽉 움켜쥔 철우가 앞을 바라보았다. 모르시카나 행성의 치안 장관인 스키드마의 말대로 대기 가 연기로 가득 차서 앞이 제대로 보이지 않았다.

"생각보다 심각한데요?"

"이상하네요."

"뭐가요?"

"아무리 광산이 불탄다고 해도, 이 정도로 연기가 많이 날 수는 없지 않아요?"

철우의 물음에 클레이 역시 같은 생각이라는 듯 고

개와 더듬이를 끄덕거렸다.

“통신망을 폐쇄하고, 대기를 연기로 가린 걸 보면 뭔가 감추려는 게 틀림없어요.”

“무슨 일이 벌어진 거죠?”

클레이가 대답을 하려는 사이, 우주선 외부에 큰 충격이 느껴졌다. 요동치는 우주선의 조종간을 꽉 움켜쥔 철우가 외쳤다.

“꽉 잡아요.”

그 뒤로도 진동이 몇 번 더 있었다. 혹시나 공격받은 게 아닌가 싶었지만, 대기로 진입하면서 생긴 충격파 같았다. 삽시간에 고도가 낮아지면서 대기권 위쪽을 가리고 있던 연기층 아래로 우주선이 내려왔다. 여전히 연기가 가득 차 있었지만, 어렵게나마 지상을 볼 수 있었다. 황토색 대지 곳곳에 불꽃과 연기가 피어오르는 중이었다. 곁눈질로 본 철우가 혀를 찼다.

“광산마다 불이 크게 났네요.”

하지만 클레이는 고개를 저었다.

“모르시카나 행성에 저렇게 많은 광산은 없어요.”

"뭐라고요? 그럼 저 연기는…."

철우가 말을 끝맺지 못하는 사이, 클레이가 대답했다.

"아마 외부에서 이 행성을 관측하지 못하도록 손을 쓴 모양이에요."

"뭣 때문에요? 뭘 감추려고 한 거죠?"

클레이가 턱 밑의 더듬이를 꿈틀거리면서 말했다.

"우리를 부른 승객이 알고 있을지도 몰라요."

궁금한 게 많았지만, 일단 들키지 않고 행성에 착륙하는 게 우선이었다. 보통 때라면 인공지능은 물론 각종 전자 장비와 지상의 관제를 받아서 착륙했겠지만, 지금은 모든 장비를 끈 상태에서 육안으로만 조종해야 했다. 중력으로 가속도가 붙은 우주선은 눈 깜짝할 사이에 지표면과 가까워졌다. 그러면서 구름에 가려진 지상의 모습이 보였다. 조종간을 잡은 철우가 언뜻 보이는 그 모습을 보고는 입을 다물지 못했다.

"도시가 불타고 있어요."

예상치 못한 상황에 클레이 역시 적잖게 당황하는 눈치였다.

"생각보다 위험할 거 같아요. 다시 돌아가는 건 어려우니까 일단 바순으로 가도록 해요."

"알았어요. 꽉 잡아요."

조종간을 움켜쥔 철우는 낙하 각도를 세심하게 조정했다. 대기와 중력이 없는 우주와는 달랐기 때문에 조종에 엄청나게 신경을 써야만 했다. 마찰열로 외부 온도가 높아지는 중이었다. 우주선은 그런대로 열기를 잘 버티고 있었지만, 외부를 관측하기 위해 투명하게 만든 조종실의 유리 부분이 가열되는 게 느껴졌다. 클레이가 더듬이로 버튼을 눌렀다. 그러자 조종실 유리 부분이 좁아졌다.

"괜찮겠어요? 그냥 놔두면 깨질 것 같아요."

"어떻게든 해볼게요."

둥근 공처럼 생긴 클레이의 우주선은 대기가 있는 공간에서는 조종이 쉽지 않았다. 그래서 지난번 의뢰 이후 그리드 핀이라는 격자형 날개 안정판을 부착했다. 철우가 조종간에 붙은 버튼을 누르자, 접혀 있던 그리드 핀이 하나씩 펴졌다. 여덟 개의 그리드 핀이 모두 펴지자 진동이 가라앉았다. 힘을 꽉 주느라 긴장한 손을 번갈아 풀면서 철우는 조종간을 놓지 않았다. 관측 장비를 모두 사용하지 못하기 때문에 조종간 옆에 붙은 우주 나침반을 보면서 방향을 잡아야 했다. 지상이 점점 가까워지자, 곳곳의 참상이 눈에 들어왔다. 불이 난 곳은 광산이 아니라 사람들이 거주하는 도시였다. 도시 전체가 화염에 불타오른 채 연기를 뿜어 올리고 있었다.

"이게 어떻게 된 일이죠?"

철우의 물음에 클레이는 우울한 표정으로 고개를 저었다. 잘 모르겠다는 게 아니라 말하고 싶지 않다는 게 더 정확할 것 같았다. 조종에 집중하기로 한 철우는 이를 악물었다. 지상에 다가갈수록 우주선의 속도가 높아지면서 요동쳤다. 그리드 핀을 최대로 펴고 속도가 줄도록 조종석의 머리 부분을 위로 올렸다. 지상을 관측하기 어렵지만, 속도를 줄이기 위해서는 어쩔 수 없었다. 하강 속도를 어림짐작하면서 조종간을 잡고 있던 철우에게 클레이가 외쳤다.

"바순에 거의 도달했어요. 그대로 직진!"

조종간을 최대로 당겨서 하강 속도를 늦추던 철우는 그리드 핀이 속도를 이기지 못하고 하나씩 부러져 나가는 소리를 들었다. 텅텅거리며 몸체를 치고 허공으로 그리드 핀이 날아갈 때마다 줄어든 속도가 점점 더 빨라졌다. 조종간을 최대한 당겨서 우주선의 속도를 늦추려고 노력하던 철우의 눈에 지상이 점점 크게 보였다.

"꽉 잡아요!"

마지막이라고 생각한 순간, 철우는 브레이크를 밟았다. 우주선 외벽 몇 개가 판처럼 펴지면서 땅에 떨어질 때의 충격을 줄여 주었다. 하지만 바닥에 떨어질 때의 어마어마한 충격은 고스란히 조종실에 전달되었다. 조종석에 있는 충격 완화 장치인 공기 펌프가 순간 펴졌다. 그런데도 엄청난 충격이 조종실을 강타했고, 철우는 저도 모르게 비명을 질렀다.

"으윽!"

그리고 눈앞이 어두워지면서 의식을 잃었다.

기울어진 조종석에서 정신을 차린 철우는 바로 옆에 앉아 있는 클레이를 바라보았다. 둘은 비슷한 시점에 정신을 차렸는데, 가까스로 머리를 든 클레이가 철우에게 말했다.

"괜찮아요?"

"머리가 좀 아프지만 버틸 만해요. 제대로 착륙한 건가요?"

철우의 물음에 클레이는 우주복에서 은빛 금속 공을 꺼냈다. 그리고 머리 뒤쪽에 안테나 같은 촉수를 세웠다. 이는 생체 반응을 통해 주변을 살펴보는 것으로, 레이더나 다른 전자 장비를 쓰지 않아서 감지되지 않는다는 장점이 있었다. 잠시 후, 안테나처럼 생긴 촉수를 접은 클레이가 대답했다.

"바순 4 근처에 착륙했네요. 바닥이 모래라서 그나마 충격이 덜했던 것 같아요."

"우주선 상태를 점검해 볼게요. 그 사이에 승객이 어디 있는지 연락해 주세요."

클레이가 알겠다고 대답하고, 다시 촉수를 세웠다.

철우는 인공지능 에이시스를 호출했다.

"우주선 상태는?"

"그리드 핀이 모두 파손되었습니다."

"상관없어. 이제 대기권에 착륙할 일은 없잖아."

"그 밖에 엔진의 파워 팩이 일부 파손되었고, 광학 관측 장치는 완전히 파손되었습니다. 조종 시스템도 현재 점검 중인데, 문제가 있을 가능성이 큽니다."

"엔진은?"

"별다른 이상 없습니다."

"다행이네. 일단 엔진 먼저 확인해. 다시 출발할 때는 그냥 대기권을 돌파할 거니까, 필요한 장비를 우선 점검해 주고."

"알겠습니다. 소형 수리 드론을 활성화하겠습니다. 일단 파묻힌 우주선의 균형을 맞추겠습니다."

"얼마나 걸리지?"

"지구 시간으로 최소 여섯 시간 정도 걸릴 거 같습니다."

"알겠어."

벨트를 풀고 의자에서 일어난 철우는 여전히 촉수를 세우고 있는 클레이에게 다가갔다.

"연락됐어요?"

"조금 전에."

"어디 있데요?"

"이곳으로 오고 있는데, 동굴에서 휴식 중이라고 했어요. 최대한 빨리 올 테니까 제발 기다려달라고 하네요."

촉수를 접은 클레이의 말에 철우가 기울어진 조종석을 바라보았다.

"어차피 우주선을 수리해야 하니까 기다릴 시간은 충분해요. 혹시 광산 연합에서 눈치챈 건 아니겠죠?"

"보긴 했겠지만, 그냥 운석으로 생각했을 거예요."

클레이의 말에 철우는 안도의 한숨을 쉬었다.

"다행이네요. 여기는 에이시스에게 맡기고 우리가 마중 나갈까요?"

"모래 폭풍인데 괜찮을까요?"

"위치를 찍어 주면 에어 바이크로 갔다 올 수 있잖

아요. 몇 명이래요?"

철우의 물음에 클레이가 대답했다.

"둘이라고 했어요."

"그럼 한 대씩 타고 가서 한 명씩 데리고 오면 되겠네요. 여긴 평탄한 사막지대라서 에어 바이크를 쓸 수 있을 것 같은데요?"

신이 난 철우의 표정을 본 클레이가 더듬이를 흔들면서 웃었다.

인공지능 에이시스가 창고에서 꺼내 준 에어 바이크를 탄 철우가 시동을 걸었다. 앞뒤에 설치된 팬이 서서히 돌아가면서 몸체가 가볍게 떴다. 손잡이에 달린 출발 버튼을 누른 철우는 순식간에 빨라진 속도에 하마터면 떨어질 뻔했다. 겨우 균형을 잡는데, 클레이가 탄 에어 바이크가 씽하는 소리와 함께 앞으로 달려가는 게 보였다. 속도를 높이고 싶었지만, 겁이 나서 가속 버튼을 누르지 못했다. 그렇게 한참을 달리는데, 클레이의 에어 바이크 속도가 서서히 줄어들었다. 철우도 속도를 줄여 나란히 멈추었다. 멀리 볼 수 있는 광각 렌즈를 턱 밑의 더듬이로 받쳐서 주변을 살펴보던 클레이가 철우에게 말했다.

"저쪽에 동굴이 보여요."

더듬이로 광각 렌즈를 넘겨받은 철우가 클레이의 두 손가락이 가리킨 곳을 바라보았다. 모래 언덕 사이로 탑처럼 솟은 바위가 보였고, 그 아래 동굴 입구가 있었다. 광각 렌즈에서 눈을 뗀 철우가 바라보자 클레이가 대답했다.

"마지막으로 알려 준 위치와 비슷해요."

"그럼 가 봐요."

다시 시동을 건 에어 바이크의 방향을 틀어서 동굴이 있는 바위로 향했다. 모래바람이 차츰 심하게 불어와서, 목에 걸고 있던 공기 마스크를 쓴 채 내려야만 했다. 에어 바이크의 시동을 끄고, 바닥에 내린 철우는 동굴 쪽으로 다가갔다. 철우가 겨우 들어갈 만한 크기라서 덩치가 훨씬 크고 주름진 우주복까지 입은 클레이는 힘겹게 들어와야 했다. 다행히 입구만 좁을

뿐이라서 안에는 제법 공간이 넓었다. 하지만 안에는 아무도 없었다. 철우가 주름진 우주복에 묻은 흙을 터는 클레이를 돌아보았다.

"아무도 없는데요? 여기가 맞아요?"

"위치는 여기가 맞는데, 잠깐만요."

클레이가 메시지를 확인하는 사이, 미세한 인기척이 느껴졌다. 마른기침 소리는 사람이 내는 게 분명했다. 클레이에게 조용히 하라고 말한 철우는 몸을 낮춘 채 소리가 나는 쪽으로 발걸음을 옮겼다. 가까이 다가가자 벽에 가려져 있던 틈이 보였다. 소리는 안쪽에서 났다. 철우가 다가가자 클레이가 조심스럽게 말했다.

"조심해요. 뭐가 있을지 모르잖아요."

그 말이 끝나기가 무섭게 어둠 속에서 뭔가가 튀어나와서 철우를 덮쳤다. 놀란 철우는 비명을 지를 겨를도 없이 깔리고 말았다. 뒤늦게 비명을 지르는데, 클레이의 고함이 들렸다.

"그 아이를 놔 줘."

주름진 우주복이 팽팽해질 정도로 커진 클레이의

머리가 동굴의 벽에 닿았다. (몸집이 커지는 것을 대비해 클레이는 항상 주름진 우주복을 입었다.) 클레이는 위기에 처하면 덩치를 키우는데, 얼굴도 무섭게 변해서 상대방은 겁에 질리기 일쑤였다. 철우를 공격한 그림자도 겁을 먹었는지 주춤주춤 물러났다. 그리고 뜻밖에도 사람의 목소리를 냈다.

"사, 살려주세요."

너무나 절박한 목소리는 조금 전에 기세등등하게 공격했던 것과는 너무나 딴판이었다. 벽에 몰린 상대방의 애원에 클레이가 잠시 여유를 찾고 철우를 바라보았다.

"괜찮아요?"

겨우 고개를 끄덕거린 철우는 몸을 일으켜서 벽을 등진 상대방을 바라보았다. 후드가 달린 검은 로브를 머리끝부터 발끝까지 뒤집어쓴 상태였다. 그때, 동굴의 벽 틈 사이로 작은 아이들 둘이 튀어나와 그림자 앞을 가로막았다.

"우리 아빠 해치지 말아요!"

아이들이 엉엉 울면서 그림자에 매달리자, 클레이가 한숨을 쉬면서 몸집을 줄였다.

동굴에 숨어 있던 일가족은 모두 네 명이었다. 철우를 기습한 건 아버지 도나쉬였고, 아이들은 보나인과 로나인이었다. 오빠인 보나인은 아홉 살이라고 했는데 체구가 작은 편이었고, 여동생인 로나인은 일곱 살인데 오빠랑 체구가 비슷했다. 로나인은 얼굴 한쪽이 금속으로 덮여 있었고, 눈도 인공 안구였다. 한숨을 쉰 도나쉬가 딸의 머리를 쓸어안으며 말했다.

"다섯 살 때 사고가 나서 눈 수술을 했습니다."

도나쉬의 아내이자 두 아이의 엄마인 페클리온은 바닥에 누워 있는데, 의식이 없는 상태였다. 다행히 숨은 쉬고 있어 아랫배가 가볍게 들썩거렸다. 그녀가 입고 있는 갈색 로브의 아랫배 부분이 피범벅이었다. 클레이가 중얼거렸다.

"빨리 오지 못한 이유가 있었군."

철우는 페클리온의 손을 꼭 잡고 있던 도나쉬에게

물었다.

“어찌 된 겁니까?”

“광산 연합의 치안 유지부대 놈들이 마구 쏜 플라즈마 광선포의 파편에 맞았습니다. 아이들을 지키다가 피하지 못했지요.”

이야기가 길어질 기미가 보이자 클레이가 나섰다.

“에어 바이크에 있는 응급치료 상자를 가져올게요.”

클레이가 동굴을 나서자, 철우는 도나쉬를 바라보며 물었다.

“이 행성에서 대체 무슨 일이 벌어지고 있는 거죠? 외부 통신망은 전부 끊기고, 대기는 연기로 가득 차서 아무것도 보이지 않아요.”

“광산 연합 놈들의 짓입니다. 아주 미쳐 돌아가고 있어요.”

“의도적인 건가요? 착륙하면서 보니까 도시가 불에 타고 있었던데요.”

“맞습니다. 도시를 전부 불태우고 다닙니다. 저항하

거나 숨은 사람들을 찾아 남김없이 죽이고 있어요."

어느 정도 예상하긴 했지만, 도시 주민에게 진상을 직접 듣고 철우는 큰 충격을 받았다.

"사람들을 죽인다고요?"

"그렇습니다. 이곳은 아무도 살지 않는 곳이었는데, 광산이 개발되면서 인간뿐 아니라 외계인도 몰려들었습니다. 광산 연합이 이곳을 통치하는데, 조건이 너무 가혹했어요."

"가혹했다고요?"

택시 조합은 자기 소유의 우주 택시를 가지고 영업할 수 있었기에, 운영 규칙이 엄격하지 않았다. 너무 심하게 압박하면 택시 기사가 다른 조합으로 적을 옮겨 버리기 때문이었다. 철우는 테오도르 사건 이후에는 우주를 자유롭게 떠돌며 일했던지라 조직에 얽매인 적은 없었다. 그래서 이런 경우가 익숙하지 않았다. 아내의 손을 잡은 도나쉬가 눈물을 글썽거리며 말했다.

"애써 일해도 가져가는 게 너무 많았습니다. 거기

다 광산의 대표자들은 광부들이 직접 뽑았는데, 그것도 못 하게 막았습니다."

"왜요?"

"그들이 광부들의 목소리를 대변했으니까요. 광산 연합의 치안 담당 장관들은 대표자들을 모두 체포했습니다. 광물을 몰래 빼돌렸다는 이유로 말이죠."

"그래서 저항이 시작된 겁니까?"

"그게 우리의 마지막 자존심이었으니까요. 그런데 말도 안 되는 이유로 대표자들을 체포했다는 소식에 광부들이 분개해서 파업을 벌였죠."

"광산 연합에서는 광부들이 폭동을 일으켰다고 했어요."

철우의 말에 도나쉬가 분개했다.

"말도 안 되는 얘깁니다. 그런 꼬투리를 잡힐까 봐 광산을 막거나 기계를 부수는 짓은 하지 않았습니다. 그냥 모여서 평화적으로 시위를 벌였을 뿐이죠."

"그런데 왜 폭동이라고 하면서 외부와의 연락을 차단한 거죠?"

때마침 클레이가 응급치료 상자를 가지고 왔다. 그녀가 사는 행성에서 가져온 것으로 모양새는 다소 신기하지만, 치료 효과가 좋은 편이었다. 조개 모양으로 된 응급치료 상자를 열자 벌레처럼 생긴 것들이 보였다. 호기심에 들여다보던 보나인과 로나인이 기겁하면서 물러났다. 클레이는 웃으며 괜찮다고 말했다.

"이건 살아 있는 게 아니라 뿌리 같은 거야. 엄마를 치료할 수 있으니까 걱정하지 마."

그러면서 보라색 벌레 같은 것을 집어서 두 손으로 꼭 쥐어짰다. 그리고는 누워 있는 페클리온의 피 묻은 아랫배에 두 손을 갖다 댔다. 그리고 눈을 감고 주문을 외웠는데, 털 밑의 더듬이들이 환하게 빛났다. 주문이 마무리되고 클레이가 손을 떼자, 페클리온의 아랫배에 묻어 있던 피가 상당수 사라졌다. 보나인과 로나인이 놀란 눈으로 바라보자 클레이가 다정하게 말했다.

"잠깐 쉬면 괜찮아질 거야. 엄마는 이제 너희들이 지켜줘야 한다. 알았지?"

보나인과 로나인이 알겠다고 고개를 끄덕거리고는 엄마를 내려다보았다. 그 광경을 바라보던 도나쉬가 철우의 물음이 떠올랐는지 뒤늦게 대답했다.

“치안 장관 스키드마의 음모입니다. 이 기회에 광부들을 탄압해서 더 이상의 저항을 하지 못하게 하려는 겁니다. 갑자기 치안 유지용 로봇들을 살상 모드로 전환했고, 진압용 안드로이드들까지 동원했습니다. 곳곳에서 살육이 벌어졌고, 빈손인 광부들과 그 가족들은 무참히 학살당하는 중이죠. 인간과 외계인 모두 가리지 않고 말입니다.”

도나쉬의 말에 철우는 이해가 가지 않는다는 표정으로 클레이를 바라보았다.

“어떻게 이런 일이 가능한 거죠?”

“모르시카나 행성은 우주 항로에서 좀 떨어져 있어요. 광물들 말고는 눈에 띄는 특산품이 없어서 상인들도 잘 오지 않는 곳이죠. 그러니까 외부와의 교류를 차단하면 무슨 일이 벌어져도 잘 모를 겁니다.”

“그래서 폭동을 핑계로 우주선의 착륙을 허가하지

않은 거군요."

"거기다 도시마다 불을 질러서 하늘을 연기로 뒤덮이게 했습니다. 모르시카나 행성은 대기가 좀 특수해서 연기가 발생하면 잘 없어지지 않습니다. 그래서 광산이나 도시에서도 연기를 배출하는 걸 최대한 막고 있었는데…."

도나쉬는 차마 말을 잇지 못하고 눈물을 글썽거렸다. 그런 아빠를 대신해서 어린 로나인이 상황을 설명해 주었다.

"나쁜 로봇이랑 안드로이드들이 도시로 쳐들어와서 사람들을 무조건 죽이고 끌고 갔어요. 옆집 오빠도 끌려갔어요. 어른들이 끌고 간 사람들을 풀어 주라고 항의하니까, 레이저랑 플라즈마 포를 마구 쏴대서 집이랑 건물들이 다 부서지고 사람들이 깔렸어요."

"자기들이 먼저 공격해 놓고 폭동이라고 덮어씌웠구나."

"폭동이라니, 말도 안 되는 얘기에요. 다들 시위를

한 것뿐이었어요. 계속 사람들이 죽으니까 무기를 꺼내서 저항하고 있지만, 상대도 안 되고 있어요. 엊그제도 도시 사람들이 모여서 저항하던 건물을 대형 플라즈마 건으로 폭파해 버렸어요. 죽은 사람들 시신은 가져가서 불에 태워 버리거나 광산에 던져 버린다는 소문도 돌았고요."

"진짜?"

철우가 믿기지 않는다는 표정으로 묻자 로나인이 고개를 끄덕거렸다.

"끌려간 옆집 오빠는 열세 살이었어요."

"나보다 세 살 어리네. 어린아이들이 무슨 죄가 있다고…."

화가 난 철우가 주먹을 불끈 쥐었다. 그 사이, 진정한 도나쉬가 로나인의 머리를 쓰다듬었다.

"며칠 전, 우리 가족이 사는 도시인 바순에 놈들이 쳐들어왔습니다. 외곽을 봉쇄하고 차근차근 공격해 들어왔어요. 일단 가족들부터 살리기 위해서 지하도로 빠져나왔습니다. 그 와중에 아내가 부상을 입어서 시간이 걸렸습니다."

듣고 있던 클레이가 끼어들었다.

"신호는 어떻게 보낸 거죠?"

"도시에 송신탑이 하나 있습니다. 외부와의 연락이 모두 차단되어 어떻게든 알려야겠다는 생각에 일단 태워달라는 요청을 담은 메시지를 보냈습니다. 사실 연락이 오리라고는 생각도 못 했습니다."

"메시지가 워낙 뒤죽박죽이라서 혼란스럽긴 했어요. 답변이 오지 않아 걱정도 좀 했습니다."

"다시 답장을 보내려고 했는데 놈들이 송신탑을 파괴해 버렸습니다. 그래서 약속 장소로 가기 위해서 빠져나온 거죠."

도나쉬의 얘기를 들은 철우는 비로소 상황이 어떻게 돌아갔는지 알 거 같았다. 클레이를 걱정스러운 표정으로 바라보았다.

"외부에서는 아무것도 모르고 광부들이 폭동을 일으켰다고만 생각할 거 아니겠어요?"

클레이도 같은 생각이라는 듯 더듬이를 흔들었다.

"아무래도 책임자인 치안 장관의 말을 더 믿겠죠."

"맙소사."

철우와 클레이의 얘기를 들은 도나쉬가 눈물을 글썽거렸다.

"도시에서 탈출하는 과정에서 많은 도움을 받았습니다. 어떻게든 빠져나가서 외부에 이 사실을 알려 달라고 말이죠. 모루두아 행성에는 모르시카나 행성 출신이 많아서 분명 호응을 해 줄 겁니다."

"알겠습니다. 최대한 빨리 그곳으로 모셔다 드릴게요."

"고맙습니다. 정말 고맙습니다."

도나쉬와 얘기를 마친 철우는 고개를 돌려 클레이를 바라보았다. 동굴 입구를 쳐다본 클레이가 말했다.

"문제가 좀 있어요."

"무슨 문제요?"

"일단 모래 폭풍이 심해지고 있어요."

"에어 바이크로 금방 탈출할 수 있잖아요."

고개를 돌린 철우는 동굴 입구를 바라보면서 대답

했다.

"우리는 괜찮지만, 페클리온은 아직 상처가 회복되지 않아서 위험해요."

페클리온은 정신이 돌아왔는지 힘없이 말했다.

"난 괜찮으니까 남편이랑 아이들을 데리고 가 주세요."

보나인과 로나인이 말도 안 된다고 울었다. 그 모습을 본 클레이가 얘기했다.

"바깥에 나갔다가 엘다도를 이용해서 주변을 살펴보았어요."

엘다도는 그녀의 고향 별에 사는 생물로, 엘다도를 통해서 주변을 탐색했다. 그녀의 뇌파에 엘다도가 반응해서 주변을 볼 수 있게 해 주는 것이다.

"뭐가 있었나요?"

"치안 유지부대 소속으로 보이는 로봇들이 이동 중입니다."

"어디로요?"

"우리가 착륙한 바순 4 착륙장 근처로요. 우리가 하

강하는 걸 알아차렸나 봐요."

"언제쯤 도착하죠?"

"저쪽도 모래바람 때문에 속도가 느려요. 하지만 이쪽 방향으로 온다면, 결국 우리 우주선을 찾아낼 겁니다."

클레이의 얘기를 들은 철우는 동굴 입구를 바라보았다. 모래 폭풍이 심해졌는지 밖이 거의 안 보일 정도였다. 합리적으로 생각한다면, 페클리온의 얘기대로 그녀를 두고 나머지 가족들만 데리고 가는 게 낫다. 하지만 목숨을 걸고 바순을 탈출해서 여기까지 온 가족들을 헤어지게 만들고 싶지는 않았다. 페클리온은 우는 아이들에게 자기는 괜찮으니까, 너희만이라도 살아야 한다고 말했다. 골똘히 생각하던 철우가 클레이를 바라보았다.

"우주선은 그 전에 수리되겠죠?"

"지구 시간으로 다섯 시간 정도면 완료될 겁니다. 하지만 거기도 모래 폭풍이 몰아치면 어떻게 될지 몰라요."

수리를 맡은 인공지능 에이시스는 대처 능력이 떨어지는 편이라, 이런 변수가 닥쳐도 그저 순서대로 할 가능성이 컸다. 고민하던 철우에게 클레이가 말했다.

"이렇게 하는 건 어때요? 먼저 아이들을 데리고 우주선으로 가세요. 수리를 끝내면 제가 두 사람을 데리고 갈게요."

"괜찮겠어요?"

"두 사람은 어떻게든 태울 수 있을 거 같아요. 모래폭풍이 심해지면, 오히려 에어 바이크가 무거운 편이 좋으니까요."

클레이의 얘기를 들은 철우는 엄마의 머리맡에 있는 두 아이를 바라보았다. 클레이의 의견은 명확했다. 최악의 경우 세 사람이라도 살린다는 뜻이었다. 가슴 아팠지만, 현재로서는 그게 가장 좋은 방법이었다. 결심한 철우는 클레이에게 말했다.

"알겠어요. 대신 늦지 마세요."

"물론이죠."

엄마를 두고 갈 수 없다는 두 아이를 겨우 달랜 철우는 모래 폭풍이 몰아치는 동굴 밖으로 겨우 아이들을 데리고 나왔다. 에어 바이크의 시동을 건 철우는 앞 좌석에 보나인과 로나인을 앉히고 벨트를 매 주었다. 그리고 고글을 쓰면서 말했다.

"서로 꼭 잡아야 해. 떨어지면 큰일 나."

"알겠어요."

다부지게 대답한 보나인과 로나인이 서로를 끌어안았다. 그리고 동굴 입구까지 나온 아빠를 바라보았다. 그 옆에 선 클레이에게 눈으로 인사를 건넨 철우는 에어 바이크의 방향을 틀고 속도를 높였다. 윙 하는 엔진 소리와 함께 살짝 에어 바이크는 몰아치는 모래 폭풍에 잠시 휘청거렸다. 겨우 균형을 잡은 철우는 우주선이 있는 방향으로 달렸다. 눈앞은 잘 보이지 않았지만, 왔던 코스로 돌아가게 세팅해 둔 상태였다. 한동안 정신없이 달리는데, 갑자기 모래 폭풍이 멈추었다.

"멈춘 건가?"

철우의 중얼거림을 들었는지 보나인이 대답했다.

"없어진 게 아니라 뚫고 나온 거에요."

뒤쪽을 힐끔 보니, 보나인의 말대로 모래 폭풍은 여전히 살아 있었다. 모래 폭풍은 조금씩 커지면서 뒤따라오는 중이었다. 모래 언덕을 몇 개 넘자 바닥에 비스듬하게 박혀있는 우주선이 보였다. 한숨 돌린 철우는 속도를 높여서 우주선에 도달했다. 주변에는 수리용 드론들이 열심히 모래를 파내고 외부의 장비들을 고치는 중이었다. 그가 도착한 걸 알아차린 인공지능 에이시스는 탑승구를 열었다. 우주선으로 들어온 철우는 고글을 벗었다.

"에이시스! 수리가 완료되려면 얼마나 남았지?"

"지구 시간 기준으로 네 시간 반 남았습니다."

"시간이 없으니까 긴급한 수리부터 먼저 해. 모래 폭풍이 몰려오니까 외벽 수리 먼저하고, 엔진을 집중적으로 고쳐."

"알겠습니다. 수리 순서를 바꾸겠습니다."

지시가 다시 내려와 수리용 드론들이 몇 대의 위치

가 바뀌었다. 우주선을 처음 보고 신기해하는 보나인과 로나인을 자리에 앉힌 철우는 조종석 유리를 통해 바깥을 바라보았다. 모래 폭풍이 점점 다가오고 있었다. 그때 인공지능 에이시스가 물었다.

"방금 모르시카나 행성의 치안 유지 부대에 긴급 연락이 왔습니다."

가슴이 철렁 내려앉은 철우가 물었다.

"뭐라고?"

"바순 근처에 비상 착륙한 우주선이 있으면 도와줄 테니 위치를 전송해 달라고 했습니다."

"우리 우주선의 기호를 정확히 불렀어?"

"아뇨. 답변하지 않았습니다."

"잘했어. 그냥 통신을 보낸 것 같아."

"상황이 안 좋은 겁니까?"

인공지능 에이시스의 물음에 철우는 의자에 앉아서 얘기를 나누는 보나인과 로나인 남매를 힐끔 보면서 대답했다.

"많이 안 좋아. 모르시카나 행성의 치안 장관이 주

민들을 학살하고 은폐하는 중이야."

"사실입니까? 믿어지지 않습니다."

"안타깝지만 사실인 거 같아. 그래서 가족들이 탈출하려고 우리에게 메시지를 보낸 거고."

"최대한 빨리 수리하겠습니다."

"그래, 고마워."얘기를 끝낸 철우는 우주선의 유리창을 통해 바깥을 바라보았다. 어느덧 모래 폭풍이 코앞까지 다가왔다. 서둘러 외벽 수리를 끝낸 수리용 드론들이 하나둘씩 우주선 안으로 들어왔고, 탑승구가 천천히 닫혔다. 탑승구가 완전히 닫히는 소리를 들은 철우가 중얼거렸다.

"이제는 시간과의 싸움이네."

지구 시간 기준으로 세 시간이 흐른 다음에야 모래 폭풍이 가시기 시작했다. 지친 보나인과 로나인 남매는 의자에 앉은 채 잠이 들었다. 마지막 엔진 시스템 점검을 하는 걸 지켜보는데, 갑자기 인공지능 에이시스가 경고 신호를 보냈다.

"모르시카나 치안 유지부대가 접근 중입니다."

"아까 얘기했던 부대?"

"맞습니다."

"현재 위치는?"

"남서쪽으로 4그리드 정도 떨어져 있습니다. 지구 시간 기준으로 한 시간 후에 도달할 거 같습니다."

"그건 도착 시간이고, 발견되면 끝장이잖아."

"그럼 절반 정도로 줄여야 합니다. 모래 폭풍이 멈추고 있어 관측 거리가 늘어날 겁니다."

"클레이는?"

"아직 연락이 없습니다."

"통신기 연결해 줘."

"감청당할 위험이 있습니다."

"어차피 이대로 있으면 들켜. 우주선은 가동 가능해?"

"최종 점검 중입니다. 30분 안에는 끝낼 수 있습니다."

"끝내는 대로 가동 준비해."

"알겠습니다. 통신기는 지금 연결합니다."

재빨리 헤드셋을 쓴 철우가 클레이를 호출했다.

"지금 오고 있어요?"

"좀 전에 출발했어요. 페클리온의 상태가 안 좋아서 기다리느라 시간이 좀 걸렸어요."

"놈들이 접근 중입니다. 30분 정도면 포착될 거 같아요. 빨리 올 수 있어요?"

"잠깐만요."

계기판을 살펴보느라 뜸을 들였던 클레이가 말했다.

"아슬아슬하게 도착할 거 같아요."

대답을 들은 철우는 잠시 생각에 잠겼다. 빨리 결정해야 했고, 자칫 잘못하면 위험할 수 있었기에 최대한 신중하게 판단해야 했다. 생각을 마친 그가 헤드셋에 대고 외쳤다.

"그대로 직진하세요. 중간에 만나요."

"알았어요."

통신을 끝낸 철우가 조종석에 앉았다.

"에이시스, 바로 출발해!"

"타키온 엔진을 가동했습니다."

우웅 하는 소리와 함께 타키온 엔진 특유의 낮은 진동음이 느껴졌다. 낯선 소리가 들리자 의자에 앉은 채 잠들었던 아이들이 깨어났다. 불안한 표정으로 주변을 두리번거리던 남매에게 조종석에 앉은 철우가 말했다.

"잘 잤니? 이제 부모님을 마중 나갈 거야. 의자에 있는 벨트 잘 묶고 앉아 있어."

"네."

얌전하게 대답한 보나인이 여동생인 로나인을 바로 앉히고 벨트를 채웠다. 그 사이, 우주선은 서서히 이륙하면서 균형을 잡혔다. 인공지능 에이시스가 경고음을 냈다.

"스테빌라이저가 불안전합니다."

"내가 수동으로 조종할 테니까 염려 마. 동서쪽 27도 방향으로 직진한다. 속도는 28그리드, 고도는 3피치 유지!"

"알겠습니다. 엔진 출력을 조정하고, 보조 엔진을 가동하겠습니다."

보조 엔진이 가동되는 소리가 들리자, 철우는 조종간을 꽉 움켜쥔 채 앞으로 기울였다. 뒤뚱거리던 우주선이 서서히 앞으로 나아갔다. 모래 폭풍이 완전히 가시지 않아 제대로 보이지 않았지만, 천천히 갈 여유는 없었다. 이번에도 인공지능 에이시스가 눈치 빠르게 라이트를 켜서 그나마 앞이 보였다. 서서히 속도를 높인 철우가 헤드셋에 대고 외쳤다.

"클레이! 우주선이 보여요?"

"지금 막 보이기 시작해요."

"이 방향으로 가면서 속도를 늦출게요. 탑승구를 열 테니까 에어 바이크를 탄 채로 올라오세요. 멈추었다가는 놈들에게 잡힐 거 같아요."

"알았어요."

클레이와의 통신이 끝나자마자, 인공지능 에이시스가 다급하게 말했다.

"모르시카나 행성의 치안 순찰대가 우리를 호출하

고 있습니다."

"뭐래?"

"엔진 가동을 멈추고 정지하랍니다. 안 그러면 강제로 착륙시키겠다고 통보했습니다."

"강제로 착륙시킬만한 무기가 있어?"

"견인 광선은 안 보이지만, 이동식 플리즈마 대포를 가진 것 같습니다. 잠시 후면 사정거리 안에 들어갑니다."

"엔진이 고장 나서 멈출 수 없으니까 잠깐만 기다리라고 해."

"엔진은 멀쩡합니다."

"어떻게든 시간을 벌어야지. 잡히면 너도 소멸할지 몰라."

철우의 말에 인공지능 에이시스가 바로 알아들었다.

"통신은 유지하면서 계속 답변하겠습니다."

"부탁해."

에어 바이크를 탄 클레이와 도나쉬 부부의 모습이

보였다. 모래 먼지를 일으키며 스쳐 지나간 에어 바이크가 방향을 틀었다. 철우는 서서히 속도를 줄이며 외쳤다.

"에이시스! 탑승구 열어!"

"알겠습니다. 그런데 순찰대에서 멈추지 않으면 발포하겠다고 합니다."

"무시해!"

우주선 뒤쪽에서 탑승구가 서서히 열렸다. 그러자 에어 바이크의 모습이 보였고, 마침내 부모를 본 보나인과 로나인이 반갑게 엄마 아빠를 외쳤다. 그때, 번쩍하는 빛과 함께 플라즈마 광선이 우주선을 스쳐 지나갔다. 모래 폭풍 속으로 사라진 플라즈마 광선이 모래에 명중하면서 형광 화염을 만들어 냈다. 철우가 속도를 더 늦추면서 다급하게 외쳤다.

"얼른 들어와요!"

속도를 높인 에어 바이크가 철커덩 소리와 함께 탑승구 안으로 들어왔다. 하지만 들어오자마자 에어 바이크가 균형을 잃고 넘어지는 바람에 탑승구를 닫지 못했다. 인공지능 에이시스가 다급하게 외쳤다.

"놈들이 발사합니다."

그 순간, 힘겹게 일어난 클레이가 몸을 크게 부풀려 쓰러진 도나쉬와 페클리온 부부를 막았다. 플라즈마 광선이 클레이의 몸을 강타했다. 큰 충격을 받은 클레이가 휘청거리며 앞으로 넘어졌다. 철우는 조종간을 움직여서 우주선을 앞으로 기울였다. 클레이와 도나쉬 부부가 앞으로 굴러오면서 탑승구에 자리가 생겼다.

"에이시스! 탑승구 닫아!"

그리고는 조종간을 좌우로 움직여서 우주선을 요동치게 했다. 좌우로 플라즈마 광선들이 스쳐 지나갔다. 보조 엔진을 아래쪽으로 기울여서 가동하자 모래 먼지가 일어나서 주변을 가렸다. 잠시 한숨을 돌린 철우가 조종간을 왼쪽으로 기울였다. 사라져가는 모래 폭풍으로 들어가려는 것이다. 보통 때라면 소심한 인공지능 에이시스가 말렸겠지만, 상황을 파악했는지 아무 말도 없었다. 모래 폭풍으로 들어가자 우주선은 요동쳤다. 하지만 보조 엔진을 이용해서 균형을 잡을 수 있었다. 어느새 클레이가 다가와 옆자리에 앉았다.

"괜찮아요?"

"견딜 만해요. 근데 우주복은 새로 장만해야겠어요."

클레이의 대답에 안심한 철우가 인공지능 에이시스를 호출했다.

"대기권 밖으로 나갈 수 있는 최단 코스를 찾아 줘."

"치안 순찰대에게 들키지 않을까요? 위성 궤도에 감시용 위성이 있는 걸로 알고 있는데요."

"어차피 자기네들이 만들어 놓은 연기 때문에 아무것도 안 보일 거야."

"알겠습니다. 출력을 상승시키는 동안 계산하겠습니다."

인공지능 에이시스가 코스를 계산하는 사이, 철우가 클레이에게 물었다.

"두 사람은 어때요?"

"페클리온은 수면 장치 안에 넣었고, 도나쉬는 아이들 옆에 앉아 있어요."

"다행이네요. 이제 빌어먹을 이 행성을 빠져나가는 일만 남았네요."

한참 코스를 계산하던 인공지능 에이시스가 조심스럽게 말을 걸었다.

"치안 유지대 측에서 연락이 왔습니다."

"우리를 회유하려는 수작이야. 무시해."

"연락한 사람이 치안 유지 장관인 스키드마입니다."

놀란 철우가 클레이를 바라보았다. 클레이는 출력이 올라갈 때까지 일단 얘기를 나누는 게 좋겠다고 말했다. 주저하던 철우가 말했다.

"연결해."

잠시 지직거리는 소리와 함께, 스키드마의 홀로그램이 떠올랐다.

"모르시카나 행성의 치안 유지 장관인 스키드마다. 조종사는 소속과 신분을 밝혀라."

“그냥 프리랜서 택시 기사라고 해두죠. 소속은 없고, 이름도 없으니까요.”

잠시 눈살을 찌푸린 스키드마가 말했다.

“어쩌다 이번 일에 휘말렸는지 모르겠지만, 승객들을 넘겨주면 막대한 포상을 하겠다.”

“어떤 포상이요?”

“원하는 건 전부.”

잠깐 생각하던 철우가 대답했다.

“한 가지 있습니다.”

“말해 보게.”

“잘못한 걸 뉘우치고, 처벌을 받으십시오.”

“뭐라고?”

스키드마의 찡그리는 표정을 본 철우가 차갑게 대답했다.

“욕심 때문에 수많은 사람을 죽음으로 몰아넣다니, 제정신입니까?”

“나는 질서를 유지하려는 것 뿐이야!”

“총칼로 유지하는 상태를 질서라고 부르지는 않습

니다. 그리고 저는 택시 기사의 의무를 다할 겁니다."

"무슨 의무?"

"승객을 원하는 곳까지 모시는 거 말입니다. 더구나 이 사람들은 특별 승객이라서요."

클레이가 출력이 다 올라갔다고 손짓했다. 그걸 본 철우가 말했다.

"승객을 모시고 가야 할 시간이 되었네요. 나중에 봐요."

통신을 일방적으로 끊은 철우가 조종간을 잡았다. 엔진 출력이 최대로 올라온 걸 확인한 철우는 클레이에게 말했다.

"꽉 잡아요."

타키온 엔진의 출력을 최대로 올리자 우주선은 대지를 박차고 하늘로 치솟았다. 접근하던 순찰대가 플라즈마 광선을 날렸지만, 거리가 턱없이 벌어진 탓에 광선은 미치지 못했다. 조종간을 잡은 채 고도가 올라가는 걸 확인한 철우는 인공지능 에이시스가 뽑은 코스로 우주선을 몰았다. 귀가 먹먹할 정도로 빠르게 고도가 상승한 우주선 주변으로 모르시카나 행성의 치안 유지대가 쏜 레이저와 플라즈마 광선이 스쳐 지나갔다. 심지어 위성에서 쏜 레이저 포까지 가세했지만, 철우의 신들린 조종 실력으로 모두 피하는 데 성공했다. 모르시카나 행성의 대기권을 탈출한 우주선으로 더 이상의 공격이 이어지지는 않았다. 한숨 돌린 철우에게 클레이가 말했다.

"이번에도 조종 솜씨 덕분에 살았네요."

"운이 좋았던 거죠. 이제 모르두아 행성으로 가요."

"특별 승객들을 모시고 말이죠."

클레이가 유쾌하다는 듯 웃자, 철우도 따라 웃었다.

작가의 말

## 우리가 혐오와 차별에 맞서 싸워야 하는 이유

군대에 가기 전의 일입니다. 당시 아르바이트하고 있던 공장에서 제가 군대에 간다고 하니까 나이 드신 분이 진지한 표정으로 말씀하셨죠. 군대에 가면 전라도 사람들을 조심하라고요. 절대로 그 사람들을 믿으면 안 된다는 말과 함께 말입니다. 그래서 저는 군대에 가서 전라도 사람들을 조심하려고 했습니다. 하지만 군대에서 저를 괴롭힌 선임이나 대들었던 후임은 대부분 서울과 다른 지역 출신이었습니다.

그 후, 사회에 나와서 느낀 점은 '전라도 사람은 믿으면 안 된다'는 식의 선입견은 참 바보 같다는 것이었습니다. 나쁜 놈은 출신을 따지지 않으니까요. 그러다가 왜 우리 사회에 특정 지역에 대한 혐오가 퍼졌는지 알게 되었습니다. 그것의 시발점은 5·18 광주 민주화 운동이었습니다. 당시 군부정권은 자신들에게 끝까지 저항한 사람들을 '폭도'로 만들어 버렸습니다. 광주 민주화 운동의 가해자는 끝까지 반성하지 않고, 피해자는 지금도 누명을 쓰고 있습니다.

이 모든 사실을 깨닫는 순간, 어떻게든 바로잡아야 한다고 생각했습니다. 아직도 광주 민주화 운동은 폭동이고, 배후에 북한이 있다고 믿는 사람이 많으니까요. 덧붙여 지금도 혐오는 사라지지 않고 있습니다. 아직도 인터넷 포털에서는 '7시'와 '전라디언'이라는 말이 공공연하게 사용되고 있지요. 저는 작가는 대단한 직업은 아니지만, 적어도 작가라면 혐오와 차별에 맞서 싸워야 할 의무가 있다고 믿습니다.

우리의 삶은 패배와 더 가깝습니다. 하지만 그것이 잘못된 것을 용납해야 한다는 뜻은 아닙니다. 그래서 제 작품을 읽고 깨달아주셨으면 합니다. 민주주의는 그냥 주어진 게 아니며, 차별과 혐오는 민주주의를 좀 먹는 가장 큰 벌레라는 사실을 말이지요.

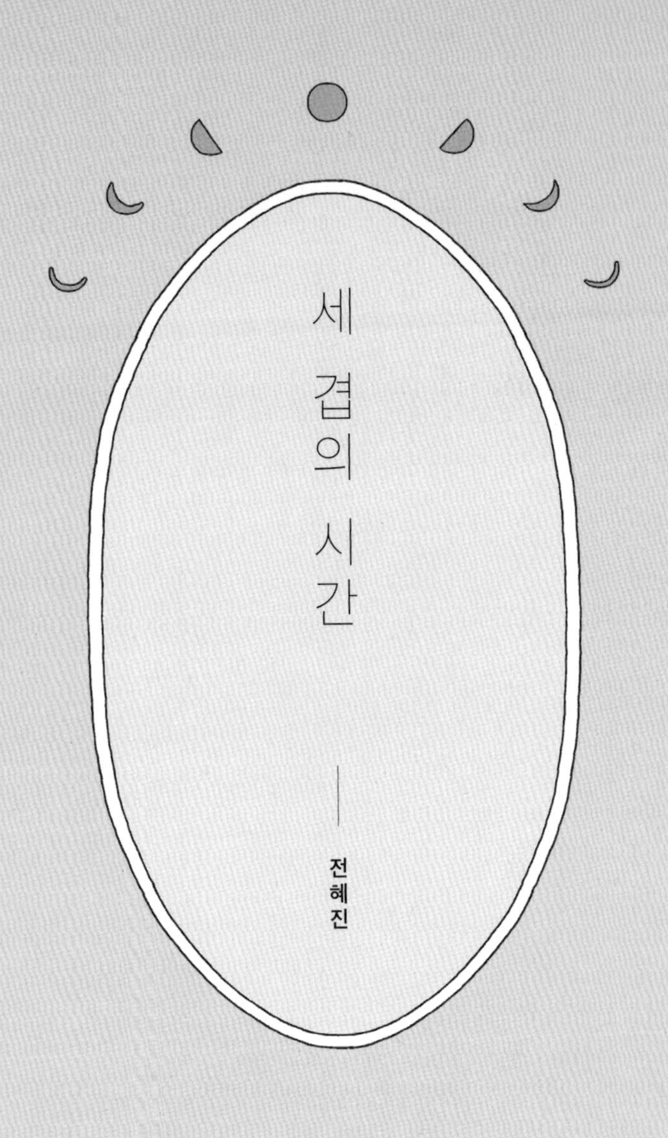
세 겹의 시간
전혜진

강은 아득하게 넓었다. 한강보다 몇 배는 넓을 것 같은 그 강가의 모습은 내가 알고 있는, 익숙한 서울의 풍경과는 달랐다. 깊고 고요하게 흐르는 그 커다란 강을 끼고, 강가에는 풀과 나무가 정글처럼 우거져 있었다. 크레파스에 '하늘색'이라고 적힌 빛깔을 그대로 옮겨 놓은 듯한 파란 하늘과 디즈니 만화 속에서 뽑아낸 것 같은 강가의 초목들이 품고 있는 선명한 초록빛이 아득하도록 강렬했다.

하지만 정글 같다고는 해도, 그곳은 내가 어렸을 때

좋아하던 <바다탐험대 옥토넛>에서 옥토넛 대원들이 모험을 떠났던 아마존강과는 아주 달랐다. 꿈속에서 내가 딛고 선 곳은 포장된 도로였고, 때때로 트럭이나 지프가 먼지를 날리며 그 주변을 지나다니기도 했다.

나는 그곳에서 늘, 누군가를 기다리고 있었다.

그게 다였다. 파란 하늘과 그 하늘을 그대로 비춰 낸 듯한 강물, 그리고 달콤한 솜사탕을 잔뜩 부풀려 놓은 듯 둥실둥실 떠 있는 하얀 구름이 고작인 곳에서, 아름답다면 아름다운 풍경이었을 거다. 하지만 나는 늘, 그곳에서 안절부절못하곤 했다. 불안해서 어쩔 줄 몰라 하다가, 강을 따라 울며 달리곤 했다. 그랬다. 나는 그곳에서 누군가를 기다리고 있었다. 누구를 기다렸는지, 얼마나 기다렸는지, 언제까지 기다려야 하는지는 알지 못했지만, 한 가지는 분명했다. 그곳이 내, 악몽의 시작점이었다.

"할머니!"

나는 몸부림을 쳤다. 꿈에서 깨어나려고 몸을 뒤틀고 소리를 질렀다. 꿈은 꿈일 뿐이라고, 어떻게든 잠에서 깨어나면 다 괜찮은 거라고 할머니는 말씀하셨다. 할머니 품에 안겨 잠들던 유치원 때도, 그리고 때때로 할머니 댁에서 자고 오는 지금도. 하지만 할머니는, 내 두려움을 다 알지는 못하신다. 하지만 현실보다 꿈이 더 끔찍했다. 무서워서 눈을 꼭 감을수록 계속 뒤따라오며 보이니까.

내 꿈에 늘 보이는 그 커다란 강 한가운데에는 그림처럼 아름다운 섬이 있었다. 하지만 그 섬을 뒤덮은 숲 한가운데에는, 두 개의 커다란 탑이 있었다. 그리고 나는 한참을 달려가던 나는, 마침내 그 탑 앞에 선다. 그 탑의 꼭대기가 만들어 내는, 아름답고 달콤해 보이는 구름을 올려다보며 알 수 없는 불안감에 사로잡힌다. 그리고 동화책 속의 풍경 같은 그 아름다운 자연과는 도무지 어울리지 않는, 저 불길하고 이질적인 풍경 앞에서 마침내 비명을 지른다. 할머니를 찾아서.

"은빈아, 은빈아."

그리고 엄마의 목소리가, 그 견고한 꿈을 밀어내며 들어왔다. 나는 머리카락과 등이 온통 땀에 젖어 눅눅

해진 채로 눈을 떴다. 엄마는 손에 휴대폰을 든 채 어쩔 줄 몰라 하다가, 망연한 표정으로 내 침대에 걸터앉았다.

"은빈아, 어서 옷 입어."

"어…? 나 씻어야 하는데. 완전 땀투성이여서."

"할머니가… 지금 갑자기 많이 안 좋으시대. 얼른 가야 하나 봐. 은빈아, 엄마는 무서워. 엄마는 이제 어떡하면 좋지?"

엄마가 낮게 흐느꼈다. 아빠도 일어나셨는지, 거실 쪽 불이 켜지고 인기척이 났다. 우리는 대충 겉옷을 입고 병원으로 향했다. 눈물 때문에 도저히 운전을 못 하겠다는 엄마 대신 아빠가 차를 몰았다. 나는 뒷좌석에 앉아 엄마를 끌어안고 어깨를 쓰다듬었다. 하지만 "할머니는 괜찮으실 거야." 같은 흔한 위로의 말은 입 밖으로 쉽게 나오지 않았다.

그리고 우리 가족이 병원에 도착하고 30분도 지나지 않아, 할머니는 우리 곁을 떠나셨다.

태어나서 처음으로 겪은 완전한 상실이었다.

* * *

나는 할머니의 아이였다. 엄마와 아빠는 모두 바빴고, 나는 할머니 댁에서 눈을 뜨고, 할머니의 손을 잡고 성당 부설 유치원에 갔다. 오후 네 시에는 친구들과 함께 관장님의 손에 이끌려 태권도장에 갔다가, 다시 여섯 시가 되면 태권도장 버스를 타고 아파트 단지 앞까지 돌아오곤 했다. 관장님께 인사를 하고 돌아서면, 짙은 갈색 가죽에 자수가 놓인 낡은 손지갑을 손에 든 우리 할머니가 나를 기다리고 계셨다. 아이고, 우리 강아지. 그 말과 함께 나를 꼭 안아 주시는 우리 할머니가.

나는 태어나서 두 달 만에 할머니 집에 왔다. 할머니 집에서 먹고 자고 먹고 자다가, 토요일 아침이면 엄마 손에 이끌려 우리 집 바로 앞 동에 있는 '엄마 집'에 갔다. 가끔은 엄마 집에 가기 싫다고 떼를 쓰기도 했지만, 주말 내내 엄마가 슬퍼하는 걸 보고 엄마 앞에서 그런 말을 하는 것을 그만두었다. 엄마 기분이 좋아야 마트도 가고, 키즈카페도 가고, 어린이 박물관도 갈 수 있으니까. 대신 나는 금요일 밤에 할머니에게 떼를 부렸다. 그럴 때면 할머니는 내 동요 CD를 틀어주던, 모르긴 몰라도 20년은 된 듯한 오래된 카세트에 요란하고 신나는 마돈나나 마이클 잭슨, 아니면 물방울이 터지는 것처럼 경쾌한 느낌의 일본 시티팝이 담긴 테이프를 밀어 넣고, 내 두 손을 잡고 거실에서 빙글빙글 돌며 함께 테이프가 몇 번을 다시 돌아가도록 지칠 때까지 춤을 추곤 했다.

"아이고, 우리 강아지."

할머니는 일본 책을 우리말로 옮기는 번역가였다. 집에는 우리말로 된 그림책만큼, 일본이나 외국의 그림책도 많이 있었다. 할머니는 이미 한글을 읽을 줄 아는 나를 무릎에 앉혀 두고, 내가 알지 못하는 먼 나라의 이야기를 그때그때 할머니의 말로 바꾸어 들려주었다. 유치원에 갔다가 집에 돌아오면, 할머니는 두 사람이 쓰기에는 큰 창가의 식탁에서 번역거리를 펼쳐 두고 계셨다. 할머니가 향긋한 차를 끓여 와 자리에 앉으면, 나는 살그머니 색칠할 것들이나 그림책을 들고 와서 할머니의 곁에 나란히 앉았다. 행복하고 충만한 나날이었다.

하지만 밤이 오면 그 무서운 꿈이 찾아왔다. 귀신이나 도깨비가 나오는 것도 아니고, 높은 곳에서 떨어지지도 않지만, 그저 그 드넓은 강물의 흐름과 새파란 하늘이, 뭉게뭉게 피어오르던 구름이 막연하고 아득하게 무서웠던 꿈. 그 꿈이 정말로 무서운 것은, 무섭고 무서워서 눈을 질끈 감을수록 더 선명하게 뒤따라오기 때문일 것이다.

악몽을 꾸고 일어난 어느 새벽, 나는 울면서 꿈 이야기를 다 털어놓았다. 그리고 할머니는 나를 꼭 끌어안으며 말씀하셨다.

"네 엄마가 태어났을 때, 그때 아주 무서운 일이 있었단다."

"엄마가?"

"그래. 네가 자꾸 무서운 꿈을 꾸는 것도 그 때문일지도 모르지."

"무슨 무서운 일인데?"

"많이 무서운 일이었지. 나중에 네가 다 크면 이야기해 주마."

"얼마나 커야 다 크는 건데?"

"글쎄다."

흔들거리는 할머니의 어깨너머로, 연보라색 얇은 커튼 너머로, 나는 베란다 창문 너머 우리 앞 동을 바라보았다. 하나, 둘, 셋, 층을 헤아려 보니 창문 하나만큼 불이 켜진 엄마 집이 보였다. 엄마와 아빠는 늘 바빠서 보통은 내가 잠이 들 때까지도 엄마 집에는 불이 켜지지 않았다.

"할머니, 엄마가 집에 왔나 봐."

"밤 열두 시가 넘었는데 집에 왔겠지. 아니, 내일 출근하려면 잠을 자야 할 텐데. 재들은 잠도 안 자고 지금까지 뭘 하고 있담."

"할머니, 난 강물이 무서워."

"강은 무섭지 않아. 저기 한강은 하나도 안 무섭잖니. 외국에 가 봐라. 한강만큼 커다란 강도 흔하지 않아요. 네 엄마는 어렸을 때 한강을 보고 바다인 줄 알았단다."

"무섭단 말이야. 꿈에 나온 강은 한강보다 훨씬, 훨씬 더 크단 말이야."

"그래, 그래."

할머니는 내 엉덩이를 투닥거리며, 내 작은 몸을 딱 기분 좋을 정도로 살살 흔들었다. 그리고 들릴락 말락 한 작은 소리로 자장가를 불러 주셨다. 그건 행복한 꿈을 꾸며 잠들 수 있는 마법의 주문 같았다. 하지만 나는 자꾸 불안하기만 했다. 그 차분한 강물도, 솜사탕 같은 구름도. 구름 공장처럼 보이는 커다란 기둥이 자꾸자꾸 구름을 뿜어내 저 새파란 하늘을 가리고 나면, 그때는 무슨 일이 일어나는 걸까. 자꾸 이런 생각을 하면 또 그 무서운 꿈을 꾸고야 말 텐데도, 나는 그 생각을 멈출 수가 없었다.

그때였다.

"내 새끼. 이 할미는 네가 태어나기 전부터 너를 사랑했단다."

"거짓말."

"거짓말이 아니야. 할미가 언제 거짓말하는 거 봤누."

"태어나지도 않았는데 어떻게 알고 사랑해."

"아니야, 할미는 네가 태어나기 전부터 알고 있었단다. 네가 태어나기 전에 우리는 이미 만났단다. 그래서 아주 오래전부터 쭉 사랑해 왔지. 네가 오기를 기다려 왔지."

나는 할머니의 그 말씀에 귀를 기울이며, 조금씩 녹아내리듯 잠에 빠져들었다. 그렇게 할머니에게 안겨 잠든 밤에는, 더는 그 악몽도 나와 할머니 사이를 비집고 들어오지 않았다.

해가 바뀌고, "사랑하는 유치원을 떠나가게 되었네" 하고 졸업 노래를 부를 무렵, 나는 사랑하는 할머니 댁을 떠나 '엄마 집'에서 살게 되었다. 아침에 할머니 손을 잡고 학교에 갔다가, 돌아와서는 할머니 댁에서 저녁을 먹었지만, 밤에는 우리 집에 가서 자기 시작했다. 초등학교 2학년이 되면서부터는 아침에도 친구들과 함께 학교에 갔다. 저녁때는 학원에 갔다가, 2학년이 되었는데도 여전히 마중을 나오시는 할머니의 손을 잡고 할머니 댁으로 갔다.

하지만 나는 여전히 그 꿈을 꾸었다. 4학년이 되며 학원이 늦게 끝나, 내가 집에 오는 시간이나 아빠가 집에 오시는 시간이 비슷비슷해지면서, 나는 할머니 댁에서 저녁을 먹지 않게 되었다. 나는 이제 온전히 '엄마 집'에서 사는 아이가 되었다. 하지만 그 뒤에도 계속, 한 달에 몇 번은 그 꿈을 꾸었다. 그때마다 나는 훌쩍거리면서도 조용히 뒷베란다로 향했다. 뒷베란다 창문을 열고 밖을 보면, 거실 창 가득 연보라색 커튼을 드리운 할머니 댁이 보이곤 했다. 나는 불이 꺼진 할머니 댁 창문을 바라보며, 할머니가 어린 내게 속삭이던 목소리를 떠올렸다. 그리고는 침대에 누워 생각했다. 아침이 되면 할머니께 전화를 걸어야지. 그러면 할머니가 "우리 강아지, 이제 괜찮다." 하고 말씀해 주실 거야. 이제는 강아지가 아니긴 하지만, 그러면 다 괜찮을 거야, 하고.

* * *

할머니의 장례식 내내 나는 넋이 나가 있었다. 학교 친구들이 위로 메시지를 보내고, 선생님이 퇴근길이 잠시 들러 부모님과 인사를 나누셨지만, 나에게는 그 모든 것이 현실감이 없었다. 할머니가 돌아가신 뒤로 계속 그 악몽 속의 강가를 걷고 있는 것만 같았다. 그 압도적으로 커다란 강과 구름을 만들어 내는 두 개의 탑을 바라보며 내가 내내 기다렸던, 기다려도 기다려도 오지 않을 것 같던 사람은, 바로 우리 할머니였던 걸까.

그랬구나, 그래서 그 평화로운 풍경을 보면서 계속 불안했던 거구나. 무서웠던 거구나. 잃어버리는 것이 두려워서. 눈물이 자꾸만 흘렀다. 하지만 그때, 할머니의 목소리가 머릿속을 스치듯 지나갔다.

- 네 엄마가 태어났을 때, 그때 아주 무서운 일이 있었단다.

어두운 밤, 할머니 댁 거실에서 할머니 품에 안긴

채, 마치 밤하늘의 달을 올려다보듯 '엄마 집' 창문을 올려다보며 들었던 이야기다.

- 네가 자꾸 무서운 꿈을 꾸는 것도, 그 때문일지도 모르지.

하지만 할머니는, 그 '무서운 일'이 무엇이었는지 내게 구체적으로 말씀하시진 않았다. 여쭤보면 될 일이긴 했다. 하지만 어쩐지 멋쩍어서, 아직도 그런 꿈을 꾸고 있다고 말하면 할머니가 걱정하실 것 같아서, 나는 묻지 못했다. 어렸던 나를 할머니가 밤새 안고 달래야 했다는 것을 기억한다고 인정하고 싶지 않아서. 그 모든 것이 내가 무르고 열없는 아이라는 증거인 것 같아서.

- 나중에 네가 다 크면 이야기해 주마.

그리고 나는 이렇게, 할머니의 그 말씀에 대해 영영 여쭤볼 기회를 잃고 말았다. 이제는 다 컸는데도, 할머니가 무슨 말씀을 하시든 받아들일 수 있는 나이가 되었는데도.

"엄마가 태어났을 때 무서운 일이 있었다면서요."

"응? 무슨 무서운 일?"

장례식 마지막 날, 나는 문득 그 일이 생각나 아빠께 여쭤보았다. 발인하고 승화원으로 할머니를 모셔가, 할머니가 마지막으로 떠나시기를 기다리는 동안의 일이었다.

"할머니가 전에 그런 말씀을 하셨어요. 엄마가 태어났을 때 아주 무서운 일이 있었다고. 무슨 무서운 이야기가 있는 건지 궁금했는데, 여쭤보질 못했어요."

"무서운 일이라…. 그때 그럴 만한 게 있나?"

아빠는 그런 말은 처음 듣는다는 듯 고개를 이리저리 틀어 보셨다. 할머니에게 자식이라곤 우리 엄마뿐이었고, 아빠는 유일한 사위로 사흘 내내 상주 노릇을 하느라 잠도 거의 못 주무신 상태였다. 나는 몹시 피곤한 얼굴로 하품하는 아빠를 바라보며, 역시 지금은 뭔가를 물어보기 좋은 때는 아니라고 생각했다. 아빠는 잠을 쫓으려는 듯 몇 번 눈을 끔뻑거리다가 내게 말씀하셨다.

"글쎄다, 역시 광주 민주화 운동이나, 뭐 그런 게 아니었을까? 광주 민주화 운동은 들어 봤지?"

"아, 학교에서 들었어요. 책에서도 봤고."

"네 엄마가 1979년생이잖니. 그해에 박정희가 죽었고. 다음 해에 광주 민주화 운동이 있었거든. 예전에 너희 친할머니가 그러시더라. 1980년에 너희 큰고모가 학교 들어갔는데, 그때 광주에서 뭔가 무시무시한 일이 있었다고, 사람들이 다들 조심했다고 말이야. 아빠는 학교 들어간 다음에야 그게 광주 민주화 운동인 걸 알았어. 예전에는 다들 쉬쉬했거든."

역시 그 이야기였을까. 아빠가 애써 성의있게 말씀해 주신 건 알겠지만, 나는 조금 실망스러웠다. 할머니가 말씀하신 그 무서운 것이, 내 악몽 속의 강과 뭔가 연관이 있는 이야기가 아닐까, 조금은 기대했는데.

사실 광주 민주화 운동 생각을 안 했던 것도 아니다. 엄마 생일은 4월 1일 만우절이었고, 광주 민주화 운동이 있었던 1980년 5월 18일 무렵, 엄마는 겨우 돌이 지난 아기였다. 엄마는 돌잔치를 하지 않았는데, 그해 4월에는 신군부가 권력을 잡고 계엄령을 선포하고 있었을 테니까, 그런 무서운 상황에서 돌잔치 같은 것을 따로 할 수는 없었을 거라 생각했었다.

하지만 아무리 생각해도 그건 아닌 것 같았다. 내 꿈속의 커다란 강도, 두 개의 탑도, 광주에는 없었다. 물론 4대강 중 하나인 영산강이 광주를 지나고 있지만, 한강보다 규모가 작은 영산강은 내 꿈속의 강과는 거리가 멀었다.

대체 그 강은 어디의 무엇이었을까.

"그런데 무서운 일이라니. 그건 무슨 이야기야."

"어렸을 때, 무서운 꿈을 꾸면 할머니가 저를 안고 달래 줬어요. 그때 그런 말씀을 하셨는데."

"할머니가 너를 정말 예뻐하셨지. 할머니 많이 보고 싶지?"

아빠는 언제나처럼 내 생각을 지레짐작하시고는, 내 머리를 쓰다듬으셨다. 나는 입을 꾹 다물고, 무릎 사이에 턱을 댄 채 눈을 감았다. 아빠도 아빠였지만 나도 이틀 내내 장례식장에 앉아 향냄새를 맡았더니, 머리가 몽롱했다.

아직 어린 내가 그 모습을 보면 충격받는다고, 할머니 입관하는 건 보지 말라고들 했지만, 그래도 마지막으로 인사는 하고 싶었는데.

나는 문득 생각하다가, 그대로 깜빡 졸았다. 그리고 또다시 꿈을 꾸었다.

그 불안하고 아름다운 강가가 보였다. 나는 기다리는 사람이 언제 오나 싶어 목을 빼고 기다리다가, 마침내 걷기 시작했다. 중간중간 뛰기도 했다. 바람이 불었고, 그때마다 내가 입고 있는, 옛날 영화에나 나올 것 같은 꽃무늬 원피스 자락이 바람에 휘날렸다. 문득 생각했다. 그 사람을 찾으러 가야 해. 그때 귓속에서 사이렌처럼 이명이 울렸다.

고개를 들었다. 커다란 강 한가운데, 마치 여의도만 한 섬이 보였다. 그리고 국회의사당이 있을 법한 자리에, 두 개의 커다란 탑이 보였다. 그 하얗고 기분 나쁜 탑은 하늘을 찌를 듯 높고 거대하다기보다는, 마치 뚱뚱한 콜라 캔을 세워 놓은 듯 보였다. 그 탑에서 하얀 연기가 피어오르고 있었다. 문득 나는 입을 막으며 주저앉는다. 욕지기가 치밀어오른다. 그리고 곧, 내 입에서 시뻘건 피가 덩어리지며 쏟아진다. 나를 둘러싼 숲은 그 피를 빨아들이듯 줄기부터 붉어지다가, 마침내 이파리 하나하나까지 녹슨 쇳조각 같은 붉은 색으로 변해 버린다. 나는 비명을 지르듯 흐느꼈다.

"할머니…!"

아빠가 나를 돌아보았다. 엄마도 옷고름을 휘날리며 나를 향해 달려왔다. 비명을 지르며 일어났다가 그대로 몸이 기울며, 내 어깨가 바닥에 부딪혔다. 그리고 눈앞이 새카매졌다.

* * *

"당연히 충격이 크지."

엄마 목소리가 들려왔다. 나는 내 방 침대에 몸을 웅크린 채, 거실에서 들려오는 엄마의 목소리에 귀를 기울였다.

"나도 막상 엄마가 돌아가시니까 막막하고 어쩔 줄

을 모르겠는데. 은빈이야 어떻겠어. 그래, 그래서 은빈 아빠가 ”

나는 그 와중에도 반쯤은 꿈을 꾸고 있었다.

고요해 보이지만, 사실은 요란한 소리를 내며 흐르는 강물을.

눈앞에 보이는 새하얀 구름과 하늘을 떠받치는 두 개의 기둥과 같은 탑을. 나는 마치 그림 위에 레이어를 얹고, 다른 그림을 그려 넣은 뒤 투명도를 조절하는 기분으로 바라보고 있었다. 그것은 대체 무엇인데, 그렇게 현실에 겹쳐져 있는 걸까.

“애도 슬슬 사춘기라 예민하기도 하고…. 사실 말이 나왔으니 말인데, 은빈이야 우리 엄마가 다 키운 거나 마찬가지지. 태어나자마자 우리 집 와서 같이 먹고 자고 하면서 지내다가, 나 다시 출근하니까 엄마가 내내 주중에 데리고 있었잖아.”

고개를 틀었다. 벽에는 그동안 내가 《내셔널 지오그래픽》이나 《과학동아》에서 찢어 낸, 커다란 강이 나오는 풍경 사진들이 줄줄이 붙어 있었다. 내가 할머니와 함께 서점에 갔다가 그 잡지들을 사 올 때마다, 엄마는 아직 어려서 제대로 이해도 못 하는데 매달 잡지만 사 온다고, 애가 다 읽지도 않는다고 잔소리를 하시곤 했다. 나중에 내 용돈을 아껴서 사기 시작한 뒤에야 엄마의 잔소리도 좀 줄어들기는 했다. 그래도 몇 달에 한 번은, 그렇게 사방에 강물 사진을 붙여 놓으니까 자꾸 강이 나오는 꿈을 꾸는 거라고 한마디씩 하시곤 했다.

하지만 나는 그 강을 찾고 싶었다. 아름다운 풍경 속에서 공포를 느끼다가, 갑자기 피를 토하며 쓰러지는 꿈이 반복되는 이유를 알고 싶었다. 그 강이 적어도 이 지구에 존재하는지 아닌지 정도라도 확인하고 싶었다. 그 이유만으로 몇 년 동안 과학잡지들을 사서 강 사진만 모아 놓을 만큼, 나는 집요할 정도로 그 꿈에 사로잡혀 있었다.

물론 나도 안다. 꿈은 꿈이고, 내 무의식의 집합체이며, 어쩌면 그 강 풍경 역시 마찬가지일 것이다. 지금의 내 기억에는 없지만, 그 강물은 어쩌면 아주 어릴 때 엄마와 함께 보았던 풍경일지도 모른다. 어쩌면 어릴 때, 강가에서 살인 사건이 일어나는 <주말의 명화>를 보았는지도 모르겠다. 어쩌면.

잠깐, 내가 어릴 때 <주말의 명화> 같은 것이 있었던가?

어쨌든 나는 더 이상 어린이도 아니고, 어디 가서 그런 말을 하고 다닐 만큼 어리석지 않다. 애초에 그런 걸 대체 누구에게 말할 수 있을까. 꿈속에서 보았던 풍경을 찾고 있다고.

'모르긴 몰라도 그건 할머니도 이해 못 하셨을 거야.'

나는 문득 생각했다. 그러다가 할머니는 이 세상에 안 계신다는 것을, 그 몸도 관에 담겨 불태워져 이제는 통에 담긴 작은 잿더미만이 할머니의 흔적으로 남았다는 것을 생각했다. 사실 그 자리에 함께한 이들은 더 있었지만, 엄마는 할머니의 유일한 자식이고, 아빠는 유일한 사위였으니, 두 분은 할머니의 마지막 흔적을 확인하고 담아 가족공원에 안치할 때까지 계속 할머니의 일에 집중하셔야 했다. 하지만 나는 할머니가 작은 잿더미로 나오시기 전에 그만 졸다가 기절했고, 그대로 응급실로 실려 갔다. 그때의 상황을 제대로 물을 수는 없었지만, 나 때문에 이런저런 차질이 있었으리라는 것 정도는 짐작할 수 있었다.

그렇게 할머니께 사랑받았는데, 할머니 마지막 가시는 길에 그렇게 사고를 치는 손녀라니.

자신이 싫어졌다. 대체 왜 나는 그 꿈에 그렇게 집착하는 것일까.

정말, 이러다가 미친 사람이 되는 건 아닐까. 혹시 지금이라도 신경정신과에 가서 상담이라도 받아야 하는 건 아닐까. 돈이 많이 들진 않을까. 엄마한테 말하면 화내지 않을까. 그런 생각들로 머릿속이 잔뜩 복잡해져서, 나는 눈을 뜨고 있지만 여전히 이불을 뒤집어쓴 채 공 벌레처럼 몸을 웅크리고만 있었다.

그때였다.

"우리 엄마가 대단한 분이지. 친딸도 아닌 나를 그렇게 키우시고. 우리 은빈이까지."

아니, 이게 무슨 소리야.

나는 이불을 걷어차며 일어나 앉았다. 할머니가 엄마의 친엄마가 아니라니. 갑자기 내가 살아온 세계 전체를 부정당한 기분이었다. 출생의 비밀을 다루는 드라마의 주인공들이 이런 기분일까. 하지만 엄마는 담담했다. 상대도 이미 알고 있는 이야기를 다시 하는 듯한 그 담담함은, 그 말이 두 번 확인할 필요도 없는 진실이라는 것처럼 들렸다.

"은빈이 갖고서 처음에는 엄마한테 애 돌봐 달라는 말도 못 꺼냈어. 엄마가 나 때문에 평생 고생하신 걸 아는데, 내가 미안해서 엄마한테 그런 말을 어떻게 해. 최대한 낳기 전까지 회사 나가다가, 백일까지만 어떻게 데리고 있다가 어린이집 보내야겠다, 안 되면 그만두든가 해야겠다 했지. 근데 엄마가, 원래도 같은 동네였지만 조금이라도 더 가까워야 은빈이 돌보기 좋다시면서 아예 우리 단지로 이사 오셨잖아."

머릿속이 혼란스러웠다. 하지만 나는 젖먹던 힘까지 짜내 정신을 차리려 애쓰며 엄마의 이야기에 귀를 기울였다. 지금 들어 두지 않으면, 아마도 엄마는 앞으로도 계속 시치미를 뗀 채 아무것도 말해 주지 않을 것이다. 내가 지금까지 아무것도 몰랐던 것처럼, 이런 일은 꿈에도 상상조차 해 본 적 없었던 것처럼.

"엄마가 그러시더라. 내가 애를 열을 낳아도 다 키워줄 테니까, 중간에 포기하지 말라고. 친엄마가 살아계셨던들 그렇게 해 주셨을까. 난 아니라고 생각해. 친자식이 있었으면 또 어땠을까 모르지만, 우리 엄마 같은 사람은 정말 없어. 어떻게 평생 그렇게 애틋하게…."

담담하게 말을 이어가던 엄마가 마침내 울음을 터뜨렸다. 일어나야 했다. 나가서 엄마에게 자초지종을 듣고, 엄마의 눈물이라도 닦아 줘야 할 것 같았다. 하지만 몸이 움직여지지 않았다. 이 모든 것이 정말 나쁜 꿈이라도 되는 것처럼.

그리고 다음 순간, 나는 다시 그 커다란 강 앞에 있었다.

* * *

산달이 곧 다가오는데 여행이라니, 한국에서는 상상도 못 할 일이지 않았겠니.

우리가 여행 온 곳은 스리마일 섬의 미들타운이라는 마을인데, 대학이 있는 해리스버그에서 자동차로 한 시간 남짓인 곳이야. 사실은 승주 씨도 논문 준비하느라 무척 바쁘지만, 너도 알다시피 아이가 태어나면 여행은 영영 다니기 어려울 거 아니니. 그래서 승주 씨가 어렵게 시간을 내어서 여행 계획을 세웠어.

스리마일 섬은 한강에 있는 여의도처럼, 서스쿼해나 강 한가운데에 있는 섬이야. 하지만 국회의사당과 광장 빼면 영 삭막한 여의도하고는 달라. 스리마일 섬은 여의도보다 한참 크고, 아름다운 숲으로 둘러싸여 있단다. 나는 여기 오자마자 이곳의 풍경에 푹 빠져버렸어. 고작 두 밤 자고 다시 해리스버그로 돌아가야 한다니 정말 아쉬워.

사실은 주영이 네가 보고 싶단다. 한국에 돌아가서, 네 곁에서 아이를 낳을 수 있으면 안심이 될 텐데. 이렇게 먼

미국에서, 승주 씨와 단둘이서 아이를 잘 키울 수 있을까? 아이가 태어날 날이 가까워져서일까. 행복한데도 매일매일 불안해.

너와 가족들을 만나러 한국에 가고 싶지만, 지금은 이렇게 편지를 보내는 것으로 내 마음을 대신할 수밖에 없겠지. 이곳의 아름다운 풍경을 보면서도 네 생각을 해. 정말 보고 싶어. 너도 이곳에 올 수 있다면 좋을 텐데. 혹시라도 언젠가 네가 해리스버그에 올 수 있다면.

고요한 가운데 만년필 촉이 종이에 닿는 사각사각한 소리가 기분 좋았다. 얇은 면으로 된 꽃무늬 원피스는 마치 옛날 영화에서 튀어나온 것 같았다. 다만 옛날 영화 속에 나온 이런 옷들은 허리가 잘록하고 움직일 때마다 치마가 물결치듯 찰랑거리는 플레어 원피스였지만, 지금 입은 옷은 그렇지 않았다. 가슴에서부터 아래로 갈수록 점점 넓어져 불룩한 배가 그대로 드러나는 잠옷 같은 옷, 말하자면 임신한 사람들이 입는 옷이었다.

원피스를 보자마자 알았다. 이건 그 꿈이었다. 커다란 강이 나오는 꿈. 무서워서 도망치고 싶어지는 꿈. 나는 꿈속의 여자가 쓰고 있던 편지를 다시 내려다보았다. 그리고 잊어 버리지 않으려고 속으로 중얼거렸다. 스리마일 섬, 서스퀴해나 강.

그리고 내가 중얼거리는 사이, 여자는 "1978년 3월 28일, 은실"이라고 적고, 편지지에 잉크가 마르기를 기다리는 동안 봉투에 주소를 쓰기 시작했다. 은실이라는 그 여자는 하얀 봉투에 능숙하고 아름다운 영문 필기체로 이곳의 주소와 자신의 이름을, 그리고 받는 사람의 주소와 이름을 적었다. 보내는 사람은 유은실, 받는 사람의 이름은 신주영. 나는 신주영이라는 이름을 보고 눈을 의심했다. 그건 우리 할머니의 이름이었다.

- 네 엄마가 태어났을 때….

이 사람은 대체 누구지. 우리 할머니를 아는 사람일까? 나는 주위를 둘러보았다. 여긴 외국 영화에 나오는 작은 호텔 같았고, 이 사람의 신변을 추측할 만한 것이라고는 방구석에 놓여 있는 예쁘게 촌스러운 꽃무늬 캐리어뿐이었다.

- 그때 아주 무서운 일이 있었단다.

같은 꿈을 계속 꾸며 무서워하는 것도, 그 꿈의 앞뒤 이야기가 이어지며 계속 꿈에 보이는 것도, 모두 인터넷 괴담 사이트에나 어울릴 만한 이야기다. 유은실이라는 사람의 시선으로 보이는 이 세계는, 나에게는 아주 오래전부터 이어진 것 같은 공포의 근원처럼 느껴졌다. 나는 눈앞에서 그저 펼쳐질 뿐, 내가 전혀 개입할 수 없는 이 세계에서 도망치고 싶었다. 아주 어렸을 때라면 모를까, 지금은 억지로 발가락을 꼼질거리고 몸을 뒤틀어서라도 일어나려면 일어날 수 있었다.

하지만 혼란스러웠다. 유은실은 대체 누구지? 왜 나는 자꾸만 이 꿈을 꾸고 있는 거지? 그 생각을 거듭하는 중에도 은실은 슬리퍼를 벗고 낮은 구두로 갈아신고는 우리 할머니에게 보내는 편지를 손에 들고 밖으로 나왔다. 하늘을 파랗고, 솜사탕 같은 구름은 이 근처 어딘가에 몽실몽실한 구름을 끝없이 만들어 내는 구름 공장이라도 있는 듯이 부풀어 올랐다.

은실은 무거운 몸으로 가볍게 걸었다. 불안한 내 마음과 달리, 아무 근심도 걱정도 없는 것 같았다. 내 심장이 뛰는 소리가 귓가에서, 마치 아빠가 운전하면서 듣는 록 밴드의 드럼 소리처럼 요란하게 울리기 시작했다. 안돼, 이제 곧 무서운 일이 생길 거야. 그런데다 지금 이 사람은 임신했잖아. 그리 가지 마. 제발 안전한 데 있어.

내 걱정과 상관없이, 은실은 마치 옛날 영화의 한 장면 같은 미들타운의 조용한 분위기를 즐기는 것처럼 보였다. 그는 우체국에 가서 편지를 부치고, 과일이며 군것질거리를 조금 샀다. 미들타운 사람들은 갑자기 나타난 동양인 여자를 보고 조금 낯설어하는 눈치였지만, 어디에서나 할머니들은 임산부를 보면 마음을 써 주어야 한다고 생각하는 모양이었다. 동네 할머니 몇 분이 은실에게 어디에서 왔느냐며 말을 걸었다.

"한국에서 왔어요."

"한국? 한국이라면 알지. 내 사촌이 한국전쟁에 참

전했었어.”

몇몇 할머니들이 반색했다. 한국은 지금도 가난한 나라인지 묻는 이들도 있었고, 미국에는 어떻게 오게 된 것인지 묻는 이들도 있었다. 혹시 은실이 ‘사진 신부’가 아닌지 궁금해하는 눈치였다. 은실은 내심 불쾌한 기분이 드는 것을 꾹 누른 채 웃으며 대답했다.

“남편이 주립대학교로 유학을 왔어요. 아이가 태어나기 전에 오붓하게 시간을 보내고 싶다고 해서 며칠 휴가를 얻었어요.”

은실의 남편은 펜실베이니아 주립대학교에서 박사 과정을 공부하고 있다고 했다. 한국에는 아직 학자들이 많이 필요하니, 공부를 마치면 한국으로 돌아간다는 이야기도 했다. 나는 은실이 친절하지만, 오지랖 넓은 낯선 할머니들 앞에서 자신에 대해 이야기하는 것을 보며, 지금 이 사람이 자신의 행복에 대해 이야기하는 것이 무슨 복선 같은 것은 아닐까. 이 사람이 곧, 지금 말하는 모든 행복을 잃어버리고 불행해지는 것은 아닐까 마음 졸이며 지켜보아야 했다.

그리고 할머니들에게서 풀려난 은실은 조금 지친 표정으로 호텔로 향했다.

"남편분께서 메모를 남겨 두셨어요. 나와서 드라이브하고 저녁 먹자고. 강가 쪽으로 갈 테니 산책이라도 하고 있으라시더군요."

카운터에서 은실에게 말했다. 은실은 방에 군것질거리를 두고 다시 밖으로 나왔다. 조금 피곤해 보이는 은실을 보며, 나는 은실이 밖에 나가지 말고 방에서 얌전히 낮잠이라도 잤으면 좋겠다고 생각했다. 대체 그 남편이라는 아저씨는 뭐가 얼마나 바쁘길래 임산부한테 오라 가라야, 생각하는데 은실의 눈앞에 무성한 초목 사이로 커다란 강물이 펼쳐졌다.

언제나 내 꿈에 나오는 바로 그 풍경이었다. 고요하게 흐르는, 마치 바다처럼 보이는 거대한 강. 은실은 그 강이 잘 보이는 길가에 서서 주변 풍경을 느긋하게 바라보았다. 때때로 트럭이나 지프가 흙먼지를 날리며 그 앞을 지나갔다.

은실의 남편은 대체 언제 오는 것일까. 나는 가슴

졸이며 은실의 곁에 있었다. 문득 은실의 부푼 배가 눈에 들어왔다. 정말 거대한 농구공이라도 하나 들어가 있는 것 같은, 부자연스러울 정도로 커다란 배였다.

오늘은 1978년 3월 28일.

엄마가 세상에 태어나기 사흘 전이었다.

* * *

나는 침대에서 일어나려다가 그대로 바닥으로 굴러떨어졌다. 꽤나 요란한 추락이어서, 엄마가 깜짝 놀라 내 방으로 달려 들어왔다.

"강은빈! 너 괜찮아?"

"으…."

"어디, 머리 부딪친 거 아니야? 괜찮아?"

"아냐, 그냥 팔꿈치부터 떨어져서 그래. 으, 전기 올라."

엄마는 나를 이리저리 살펴보다가 내 이마에 딱밤

을 먹였다.

“유치원 다니는 애도 아니고, 네가 지금 몇 살인데 침대에서 떨어지고 있어?”

“좀 전까지 내 머리를 걱정하더니, 엄마가 때리는 건 괜찮고?”

나는 투덜거리다가 얼른 핸드폰을 집어 들었다. 그리고 꿈에서 깨어나자마자 마구 날아가는 기억들을 붙잡아 서둘러 메모를 했다. 엄마 생일 사흘 전, 은실, 미국 펜실베이니아, 그리고… 거기까지 입력을 하고 나서야 나는 크게 심호흡을 두어 번 하고, 엄마에게 물었다.

“엄마.”

“왜.”

“내가 자꾸 이상한 꿈을 꿔.”

“너 어릴 때 자꾸 똑같은 꿈 꾼다고 그랬잖아. 별로 무섭지도 않은 꿈을 무서운 꿈이라고….”

“좀 들어 봐. 정말 이상한 꿈이란 말이야. 엄마, 혹시 유은실이라는 사람 알아?”

엄마의 표정이 차갑게 굳어졌다. 하지만 나는 엄마의 표정은 살필 겨를도 없이, 입에서 튀어나오는 대로 떠들어 댔다.

"내가 전에 가끔 말했잖아. 커다란 강이 나오는 무서운 꿈. 그 꿈을 오늘 더 꿨어. 꿈속에서 원피스 입고 있는 여자 이름은 유은실이야. 날짜가 엄마 생일 사흘 전이었는데. 꿈에서 그 여자가 우리 할머니한테 편지를 쓰고 있었어. 남편이 펜실베이니아 대학교 다니고. 그리고 3… 3킬로미터였나…? 뭔가 길이 같은 게…."

"스리마일."

엄마는 짧게 대답했다. 그 순간 내 등줄기에도 식은땀이 흐르는 듯 섬뜩한 느낌이 들었다.

"엄마…?"

"장난치지 마. 할머니 돌아가신 지 며칠이나 되었다고 쬐끄만 게 사람을 놀려."

엄마는 분명 화를 내고 있었다. 내 꿈 이야기에 대해서. 우리 엄마는 어지간해선 내게 화를 내지 않는 사람이었다. 엄마는 농담 같은 것에 일일이 반응하는 사람도 아니었다. 그런 엄마가 내게, 고작 꿈 이야기 갖고 화를 낸다면, 이유는 하나였다. 엄마는 내 꿈을 알고 있었다. 그리고 아마도 그 꿈속의 사람에 대해서도.

오후 내내, 엄마는 다 식은 커피 한 잔을 앞에 두고 식탁 앞에 멍한 얼굴로 앉아 있었다. 엄마는 늘 바빴고, 집에 있을 때도 서재에서 일하는 경우가 더 많았기에, 나는 그런 엄마의 모습이 무척이나 낯설게 느껴졌다. 나는 역시 그런 꿈 이야기는 하지 않는 편이 좋았을까 생각하다가, 할머니의 말씀을 떠올렸다.

- 네 엄마가 태어났을 때, 그때 아주 무서운 일이 있었단다.

무서운 일, 그것은 내 꿈속에서 은실이라는 여자가 겪은 일일 지도 모른다. 말도 안 되는 일이라고 생각하면서도, 나는 핸드폰을 집어 들고 검색했다. 1978년, 스리마일. 검색 결과에는 내가 꿈에서 보았던 것과 비슷하지만 훨씬 퇴색된 풍경과 함께, 생각지 못했던 이야기가 떠올랐다.

"스리마일 섬의 원자력 발전소 사고…."

나는 침대 구석에 웅크려 앉은 채, 위키에 정리된 그 사고에 대해 꼼꼼히 읽었다. 1979년 미국 동부 펜실베이니아의 주도 해리스버그, 이곳에서 남쪽으로 16킬로미터 떨어진 스리마일 섬에는 원자력 발전소가 있었다. 1978년 완공된 이 원자력 발전소는 본격 가동을 시작한 지 불과 넉 달만인 3월 28일, 문제를 일으켰다. 밸브에 이상이 생겨 원자로의 급수 시스템에 물 공급이 중단된 것이다. 냉각수가 유입되지 않아 원자로가 과열되어, 시스템 내부의 압력이 올라갔다. 경수로 내부를 냉각하는 비상 냉각장치가 작동했지만, 직원의 실수로 냉각장치도 꺼졌다. 마침내 핵 연료봉이 들어 있는 노심에 균열이 생기고, 연료봉이 녹아내리기 시작했다.

"노심융해…."

나는 위키를 읽다 말고, 익숙한 그 말을 다시 한 번 중얼거렸다. 평소에는 잘 쓰지 않는 말이었다. 하지만 나와 같은 2011년생들은 의외로 살면서 몇 번이나 들어 본 말이기도 했다. 전기나 발전소에 대해 배울 때, 환경오염에 대해 배울 때, 혹은 어른들에게 우리가 어렸을 때나 엄마 배 속에 있었을 때의 이야기들을 들을 때, 종종 들었다. 2011년 3월, 옆 나라인 일본의 후쿠시마 원자력 발전소에서 사고가 있었다고. 노심융해가 일어났고, 원자로에서는 방사성 물질들이 누출되었으며, 방사능에 오염된 물이 태평양 바다로 흘러 나갔다고. 그 사고가 일어나고도 수년 동안 원자로를 식히기 위해 주입한 냉각수가 방사능에 오염되었고, 원자력 발전소 아래를 흐르는 지하수도 오염되어 방사능 오염수는 점점 늘어났다고. 그리고 한동안 그 오염수들을 대형 탱크에 보관하던 일본은 그 오염수를 태평양으로 방류하려 들었다고.

그랬다. 우리는 후쿠시마는 알았다. 그리고 후쿠시마 이야기가 나올 때마다 어른들은 체르노빌을 이야기했다. 체르노빌 원자력 발전소 사고에 대해서는 드라마도 나왔다. 우리는 거기까지만 알고 있었다.

그런데 체르노빌 이전에, 스리마일 섬이 있었다.

"누가 그러던데, 인간은 같은 실수를 반복한다고…."

만약 꽃무늬 원피스를 입은 임산부 유은실 씨가 엄마의 친엄마라면, 엄마 역시 어린 시절 그런 이야기들을 들으며 자랐다는 걸까.

천만 다행히도 스리마일 섬의 원자력 발전소는 노심융해를 일으켰음에도 격납용기가 손상되지 않았다. 스리마일 섬의 사람들은 30일 오전에야 원자력 발전소에 사고가 났다는 소식을 듣고 피난했지만, 피폭 피해를 본 사람은 없었다. 유은실 씨도, 그 꿈속의 사람들도, 많이 놀라고 무서웠겠지만 죽지는 않았을 거다. 그렇게 생각하니 조금은 마음이 놓였지만.

그 꿈은 정말로 있었던 일인 걸까.

그런 일은 괴담에서나 일어나는 일이다. 본 적도 들은 적도 없는 이야기를, 유은실이라는 이름까지 정확하게 꿈으로 보는 것은 불가능하다. 마치 시간여행을 하는 것처럼 들여다보는 것은 더욱, 말도 안 되는 일이다. 나는 어쩐지 오싹해져서 어깨를 움츠렸다.

할머니가 계셨다면 다 여쭤봤을 텐데. 할머니라면 내가 하는 이야기를 그저 흰소리로 여기지 않으시고 다 들어 보고 말씀해 주셨을 텐데. 하지만 이제 할머니는 안 계시고, 지금 분위기 같아서는 엄마에게 감히 이런 이야기를 꺼내 볼 수도 없다. 나는 가슴이 답답해서 어쩔 줄 몰라 하다가, 발소리를 죽여 현관으로 향했다. 그리고 신발을 대충 구겨 신고 조용히 밖으로 나갔다.

* * *

사람의 습관이란 이상한 것이다. 발 닿는 대로 걷다가, 문득 고개를 들며 생각했다. 그 자리에는 내가 아주 어릴 때부터 늘 보아 왔던 성모상이 서 있었다.

나는 유치원에 다닐 때 아침마다 그랬던 것처럼 습관적으로 손을 모았다. 아주 어릴 때, 할머니는 수시로 나를 이 성당에 데려오셨다. 신심이 깊으셔서 봉사 활동도 종종 하시고, 성당에 외국에서 손님이 오셨을 때 통역 일을 돕기도 하셨다. 나를 이곳 성당 부설 유치원에 보내신 것도 할머니의 뜻이었다. 하지만 초등학교 고학년이 되면서 성당에는 잘 가지 않게 되었고, 그래서 한동안은 일부러 성당 앞길을 멀리 돌아서 다녔다. 성당 근처를 잘못 지나치다가, 유치원 때의 수녀님들과 마주치지 않을까, 왜 성당에 오지 않느냐고 꾸지람을 듣지 않을까 싶어서.

손을 모으면서도 나는 조금 웃기고 슬펐다. 아무리 생각해 봐도 내가 믿었던 것은 하느님을 믿는 할머니의 마음이었다. 그다지 하느님을 믿거나 감사히 여겼던 기억은 없다.

주말이면 비가 와도 눈이 와도 미사를 올리러 성당에 가셨으니, 할머니는 천국에 가셨을 거다. 그러니 나중에 언젠가 할머니를 다시 만나려면 어쩔 수 없이 성당에 다녀야 할지도 모른다. 하느님께 할머니를 인질로 잡힌 기분이었다.

할머니는 때때로 성당에 연미사를 봉헌하셨다. 그때마다 꽃을 봉헌하신다며 다림질한 듯 반듯한 새 돈을 봉투에 담아 올리기도 하셨다. 문득 그때 생각이 났다. 할머니는 누구를 위해 그리 정성 들여 연미사를 올리셨을까. 한 번이라도 여쭤볼 것을. 할머니를 위해 꽃은 올리지 못하지만, 여기 성모상 앞에 촛불이라도 올려야겠다고 생각하며 나는 주머니를 뒤적였다. 막상 돈을 꺼내놓고 보니, 무인 판매대가 보이지 않았다.

"뭐야…."

누가 치우기라도 한 걸까. 굳이 성당 안까지 들어가서 초를 살 마음은 들지 않아서, 나는 주머니에 손을 찔러넣은 채 멋쩍게 돌아섰다. 그때였다.

"어…?"

뭔가 이상했다.

하늘이 이상할 정도로 넓었다. 성당 주변의 빌라며 오래된 저층 아파트들은 그대로였지만, 내가 사는 아파트 단지도, 그 건너편의 대형 마트도 마치 지우개로 지워 버린 듯, 보이지 않았다.

무슨 일이 일어난 거야. 우리 집은 어디 간 거야. 엄마는 어떻게 된 거야. 심장이 마구 두근거리다 못해,

두방망이질해 댔다. 그때 새카만 원피스를 입은 아주머니와, 역시 새카만 셔츠에 검정 바지를 입은, 나보다 어려 보이는 여자아이가 성당으로 걸어 들어왔다. 여자아이는 얼굴이 매우 까무잡잡했고, 나는 그 아이에게서 눈을 뗄 수가 없었다. 마치 거울을 보는 것처럼, 나와 꼭 닮은 얼굴이었다.

"은주야, 엄마가 지금 수녀님 뵙기가 좀 그래. 가서 초 좀 사 온나."

은주라 불린 여자아이가 고개를 끄덕였다. 아주머니는 손지갑에서 돈을 꺼내 은주에게 건넸다. 요즘은 보기도 힘든 옛날식 오천 원짜리 지폐였다. 그 지갑을 보는 순간 가슴이 울컥했다. 나는 아주머니가 들고 있는, 아직은 그렇게 낡지만은 않은 가죽 손지갑을 알고 있었다.

할머니.

우리 할머니였다.

"아, 저…."

"무슨 일이니?"

내가 아는 것보다 30년은 더 젊어진 듯한 우리 할머니는, 머뭇거리는 나를 돌아보았다. 이건 내 꿈이 아닌 건가? 유은실 씨는 나를 못 알아봤는데, 할머니는 어떻게 나를 알아보는 거지? 그 순간 나는 내 옷차림을 내려다보았다. 지금 기준으로야 단지 안이나 편의점까지 설렁설렁 다녀올 때 입어도 아무 지장 없는 옷차림이었지만, 30년 전 사람들, 그것도 성당에 오느라 차분한 옷을 골라 입었을 사람들 사이에서 유난히 눈에 띌 것 같았다.

큰일 났다. 할머니가 나를 이상한 애라고 생각하면 어떡하지?

"알았다. 너는 지금 세상의 아이가 아니지?"

나는 입을 딱 벌렸다. 이제부터 이 이야기를 어떻게 설명해야 하나 했는데, 할머니가 나보다 더 이상한 이야기를 해 버릴 줄은 몰랐다.

"이상하게 들릴지도 모르지만, 네 뒤에 성모님이 비쳐 보이거든."

"그, 그게… 그렇다고 그렇게 생각할 것은…."

“왜, 만화나 영화에도 나오잖니. <타임머신>이라든가. <엑설런트 어드벤처>인가? 그 영화에서는 과거로 돌아간 학생들이 공중전화에다가 세계의 위인들을 납치해서 데리고 가는데. 아니니?”

공중전화라니, <닥터 후>라면 모를까 <엑설런트 어드벤처> 같은 건 모른다. 하지만 뭐가 되었든 할머니가 이 상황을 어떻게든 받아들이신다니, 다행스러운 일이었다.

“아, 그게….”

“맞아?”

나는 고개를 끄덕였다. 그리고 우리 할머니로 추정되는 이분께 조심스럽게 물었다.

“혹시 성함이 신 주자 영자세요?”

“그래.”

“저기… 일본 책 번역하시는…?”

“그래, 그렇단다.”

“아….”

무릎에 힘이 풀릴 것 같았다. 바로 며칠 전 돌아가

신 우리 할머니가, 여기 계셨다. 내가 기억하는 것보다 훨씬 젊은 모습으로.

* * *

"네가 여기까지 온 걸 보면, 네가 살던 시간대에서는 아무래도 내가 죽은 모양이구나."

익숙한, 익숙하지만 내가 알던 풍경에서는 몇 가지가 빠져 있는, 고층 아파트들이 보이지 않고 담장에 장미가 만발하지도 않았고, 한 개에 이천 원씩 하는, 투명한 아크릴 컵에 티라이트만한 초를 담아놓은 봉헌초 무인 판매대도 보이지 않는 이곳 성당의, 성모상 앞에 그늘을 드리운 플라타너스 아래에서 할머니는 내게 말씀하셨다.

"은주는 잘 있지? 설마 은주에게 무슨 일이 있어서 온 건 아니지?"

"그런 건 아니에요. 엄마는 잘 계세요. 그런데 어떻게…."

"은주가 잘 있으면 되었다. 은주는 건강하지?"

"예, 건강하세요. 근데 대체 어떻게 이걸 아시는 거예요."

나는 할머니의 말을 틀어막듯이 목소리를 높였다. 할머니는 그런 내 행동에 조금 놀라신 것 같았지만, 곧 웃음을 참는 듯한 표정으로 대답했다.

"어떻게 알긴 어떻게 알아. 나도 그랬으니까 알지."

"어…."

"예전에도 그런 적이 있었단다."

낯설 정도로 젊게 보이는 할머니를 바라보며, 나는 눈을 깜빡거렸다.

"저, 그러니까 어떻게…."

"글쎄? 그건 나도 모르겠다. 유전이라서 그런가?"

"할머니는 엄마의 친엄마가 아니라고 들었는데…."

"은주가 그렇게 말했지?"

"아, 아뇨. 엄마가 직접 말한 건 아닌데, 그러니까 엄마가 통화하다가…."

할머니는 조용히 웃으셨다. 그 웃는 표정만은 내가

기억하던 그 할머니와 똑같아서, 나는 그만 울고 싶어졌다.

"아, 저기… 어디부터 말을 해야 하지. 자꾸 꿈을 꿨어요. 커다란 강이 나오는 무서운 꿈이었는데, 그 꿈에는 유은실이라는 분이 나오셨어요. 임산부였는데."

"그래, 은실이가 우리 은주 친엄마지."

"그래서…."

"은실이 남편인 신승주 씨가 우리 오빠야."

"아…."

"은실이는 나랑 중학교, 고등학교를 같이 나온 친구였는데, 우리 오빠인 신승주 씨가 내 친구 은실이랑 좋아하게 되었단다. 그러니까 은주는 원래 내 조카인 거지."

나는 눈을 깜빡거리다가 손등으로 눈을 벅벅 문질렀다. 할머니의 손길이 다시 한 번 내 등을 토닥거렸다. 나는 묻고 싶었지만, 할머니가 돌아가시기 전까지 묻지 못했던 이야기를 겨우 끄집어냈다.

"엄마가 태어났을 때 무서운 일이 있었다고 하셨는

데.”

“그래.”

“그게 스리마일 섬 원자력 발전소 사고예요?”

“그렇단다….”

“엄마의 친엄마는 그때 돌아가신 거예요? 인터넷에 보니까 피폭 피해는 없었다고 했는데요?”

“그렇다고들 말하더구나. 하지만 은실이는 아직 산달 전인데도 갑자기 아이를 낳게 되었단다. 급히 병원에 옮겨야 했지만, 사람들이 피난하느라 병원으로 옮기는 게 늦어졌단다. 은주는 무사히 태어났지만, 피를 너무 많이 흘린 은실이는 돌아올 수 없었지.”

“그러면….”

“원자력 발전소 때문인지는 나도 몰라. 하지만 우리 은주가 무사히 자랐고, 또 너도 태어난 걸 보면, 아마도 피폭은 아니었겠지. 하지만 승주 오빠는 그렇게 생각하지 않았단다.”

할머니는 내 눈에 익은 손지갑을 열고, 서른 살 때쯤 된 잘생긴 남자가 갓난아기를 안고 있는 사진을 보여 주었다.

“이 사람이 승주 오빠란다. 네 외할아버지이지. 원래는 물리학을 공부했는데, 장차 우리나라도 원자력을 이용하게 될 거라며 미국으로 국비 유학을 가서 원자력을 연구했지. 하필 스리마일 섬 사고 때 은실이가 아이를 낳고 죽었으니까, 계속 고민이 많았단다.”

“은실이라는 분이 낳은 아기가… 우리 엄마인 거죠?”

“그래, 은주라고 하지. 올해로 우리 나이로 열네 살이란다. 그러고 보니 너는 이름이 어떻게 되누.”

“은빈이요. 강은빈.”

“몇 년 생이누?”

“2011년요.”

“어디 보자, 그러면 무슨 띠인 거지?”

“띠는 잘 모르겠어요. 하지만 제가 태어나던 해에도 일본에서 원자력 발전소 사고가 있었대요.”

“저런….”

할머니가 한숨을 쉬셨다. 나는 할머니가 체르노빌

을 모르시나 싶어 얼른 덧붙였다.

"근데 그게 스리마일 섬 사고 이후로 최악의 사고는 아니었어요. 그러니까 체르노빌이라는 데서도 사고가 있었는데."

"알지. 체르노빌 이후에도 또 그런 사고가 있었다는 게 기가 막혀서 그런다."

"체르노빌 원자력 발전소 사고가… 이미 일어났군요."

"6년 전에 있었지."

그때 할머니가 손을 뻗어 내 머리를 가만가만 쓰다듬으셨다. 나는 다시는 느끼지 못할 줄 알았던 그 온기에 다시 눈물이 쏟아져서 고개를 숙였다.

"작년에 소련이 망하고, 우리나라와 러시아가 오갈 수 있게 되었어. 그러면서 얼마 전에야 우리나라에서는 처음으로 체르노빌에 직접 기자를 보내 취재할 수 있게 되었지. 미국에서 유학한 승주 오빠는 학자인데도 그 사고가 있고 6년이나 지난 올해에야 그 기자들을 따라 겨우 러시아로 갈 수 있었단다."

할머니의 목소리에 물기가 묻어났다. 할머니가 입고 계신 새카만 원피스가 눈에 들어왔다. 그리고 아까 보았던, 초등학생의 모습을 하고 있던 나의 엄마, 신은주 씨도. 그 초등학생을 엄마라고 불러도 좋다면 말이지만, 엄마도 위아래 모두 검은 옷을 입고 있었다.

마치 할머니의 장례식 때처럼.

"승주 오빠는 러시아에서 그만 사고로 죽고 말았단다. 피폭의 무서움을 모르고 부주의하게 행동하다가 벌어진 사고라고 했지만, 승주 오빠는 원자력이나 피폭에 대해서는 누구보다도 잘 아는 사람이었어. 나는 아마도 승주 오빠가, 계속 답을 찾고 싶었을 거라고 생각했다. 은실이의 일에 대해, 그리고 체르노빌에서 벌어진 일에 대해."

"그러면 오빠분은… 할아버지는 답을 찾으셨을까요?"

나는 대답을 듣지 못했다. 고개를 들자 검은 원피스 대신, 성모상 너머로 만발한 붉은 장미 덤불이 보였다. 아까는 보이지 않았던 높다란 아파트 단지들이 지평선을 가리고, 성당의 주변을 성벽처럼 빙 두르고 있었다. 나는 자리에서 일어났다. 매캐한 연기가 코를 찔렀다. 주머니를 뒤져 천 원짜리 두 장을 꺼내 통에 집어넣고, 작은 봉헌초 하나를 골랐다. 할머니 댁 커튼과 같은 빛깔인 연보라색으로. 그리고 나는 태어나서 처음으로, 마음을 다해 성모님 앞에 손을 모으고 기도를 올렸다.

* * *

그런 것을 무어라 설명해야 좋을까.

나는 서로 다른 두 시간이 겹쳐지는 순간을, 지금까지 두 번 보았다. 한 번은 승주 오빠가 세상을 떠나고 사십구재가 지났을 때, 앞으로 20년 뒤에 태어난다는 손녀 아이를 본 것이었다. 또 다른 한 번은 은실이가 미국에서 은주를 낳자마자 세상을 떠났을 때였다. 은실의 부고를 받았지만, 미국은 너무 멀어 달려갈 수조

차 없었다. 은실이와 함께 다녔던 고등학교 교문 앞으로 달려갔지만, 그 안으로 들어갈 용기조차 나지 않았다. 나는 교문을 붙들고 미친 여자처럼 흐느껴 울었다.

은실이를 다시 만난 것은 그때였다.

자줏빛 재킷에 자줏빛 플레어스커트, 하얀 옷깃 위에 머리카락 한 올 허투루 비어져 나오는 일 없이 양 갈래로 단정하게 땋아 늘인, 아직 고등학생이었던 내 친구 은실이가 그곳에 있었다.

나는 허겁지겁 은실이에게 달려가 그 애의 손목을 붙잡았다. 그러다가 누가 보아도 미친 사람처럼 보이겠다 싶어 은실이에게 말했다. 미국에 가지 말라고, 아이를 낳지 말라고, 아니, 아예 결혼하지 않는 것도 좋겠다고. 네가 내 가족이 되지 않아도 좋았다. 어떤 식으로든 계속, 이 세상에 살아 있어 주기를 바랐다. 그 마음을 다해 예언처럼 몇 마디를 쏟아 내고, 나는 도망쳤다. 그 순간이 아직 살아 숨 쉬는 은실이를 만날 마지막 기회였을 텐데도.

그건 그저 나쁜 꿈이었을까. 나는 은실이를 잃은 슬

픔에 잠시 정신이 나가 있었던 것은 아닐까. 하지만 다시 눈을 떴을 때, 내 손 안에는 작고 동글납작한 금속 단추 하나가 잡혀 있었다. 낯익은 교표가 그려진 은실이의 교복 소매 단추였다.

은실이는 그 말을 마음에 담아 두었을까. 아니면 그저 잊어버렸을까. 나는 어떻게 고등학생 때의 은실이를 만날 수 있었던 걸까. 오랜 고민의 답은 뜻밖에도 집안 내력이었다. 나의 할머니가 남긴 서간에 그런 말이 있었다. 시집간 옛 동무의 부고를 받고 얼마 지나지 않아, 꿈처럼 옛 시절의 청명 날로 돌아가 세상 떠난 벗과 뒷산에 답청을 갔노라고. 나는 그 일이 내가 겪은 일과 크게 다르지 않았음을 알았다. 그리고 아직 태어나지 않은 내 손녀가 갑작스레 나타났을 때도 크게 놀라지 않았다.

이름을 은빈이라고 말했던 그 아이는 2011년에 태어난다고 했다. 내가 성당 앞마당에서 그 아이를 만나고, 꼭 열아홉 해 뒤의 일이 될 것이다. 나는 그렇게 나이 먹은 내 모습을 상상해 보지 못했지만, 서른세 살이 된 은주의 모습은 그려 볼 수 있었다. 그리고 그 때마다 걱정이 되었다. 은빈이가 말한 원자력 발전소 사고 때문이었다.

만약 내가 초능력자나, 위대한 영웅이나, 정치가였다면 그 엄청난 일을 막을 수 있었을까. 한낱 평범한 사람인 나는 그 원자력 발전소 사고를 어떻게 막아야 할지 상상도 할 수 없었다. 내 딸, 내 소중한 은주가 학교를 졸업하고, 직장을 구하고, 결혼하고서도 일본이며 미국, 대만으로 부지런히 출장을 다니는 모습을 지켜보면서도, 나는 그저 조심하라는 말밖에는 하지 못했다.

"엄마, 어떻게 해요."

그리고 2011년, 동일본대지진이 일어났다.

그리고 그 지진의 여파로 해일이 일었다. 거대한 해일이 후쿠시마 원자력 발전소를 덮쳤고, 발전소는 정전 상태가 되어 원자로에 냉각수를 공급할 수 없었다. 노심용융이 일어나고, 냉각수가 없는 상태에서 격납용기가 녹아내릴 정도의 고온에 노출된 핵연료봉은 수소를 만들어 냈다. 압력이 올라가며 폭발이 일어나고, 방사능이 대기 중으로 새어 나왔다. 원자력 발전소를 휩쓸고 간 바닷물이, 뒤늦게 투입된 냉각수가, 발전소 지하를 흐르는 지하수가 오염되었다.

그리고 그때, 내 딸 은주는 일본, 도쿄에 있었다.

"방사능에 노출된 거면 어떡하죠. 무슨 문제라도 생기면 어떻게 해요."

임신 초기인데도 부지런히 일하며 해외 출장도 마다하지 않았던 그 애는 지진으로 피난을 하고, 항공편이 끊어지고, 원자력 발전소 사고까지 난 상황에서 배 속의 아이가 무사할 리 없다고 생각했던 것 같다.

"아무래도 지워야 할 것 같아요."

은주가 내 품에 매달려 흐느꼈다.

"저는 운이 좋았던 것 같지만, 이 애도 그럴까요. 그렇지 않아도 임신 초기라서, 어디 아파도 아스피린 한 알 마음 놓고 먹질 못하는데. 하물며 원자력 발전소 사고라니!"

언제였더라, 체르노빌에 그 사고가 일어나고 이삼

년 뒤에 나왔던 홈 드라마에, 그런 노래가 나왔다. 히로시마에서 징용을 살았던 할아버지, 그리고 손에 장애를 갖고 태어난 손자의 이야기를 담은 노래였다. 사람들이 잘 생각하지 못하는 역사의 비극을 떠올리게 하는 노래라고, 사람들 사이에 꽤 화제가 되기도 했다. 하지만 그 노래를 들을 때마다 나와 은주는 서로 손을 꼭 잡은 채 아무 말도 하지 않았다. 은주가 태어날 때의 원자력 발전소 사고가, 그때 세상을 떠난 은실이가, 청량한 목소리와 풋풋한 기타 반주와 함께 들려오던 그 노래와 함께 몇 번이나 우리 두 사람 사이에서 되풀이되는 것 같았다.

하지만 바로 그때, 나는 그 성당 앞마당에서의 일을 생각하고 있었다.

그래서 네가 내게 온 거였구나.

그런 일이 있었어도 너는 괜찮다고, 은주도 괜찮을 거라고, 내게 알려주기 위해서.

"엄마, 저는요…. 정말 어렵게 가진 아이긴 하지만, 그래도 이건…."

"은주야, 괜찮다. 내가 있잖니."

나는 TV에 나오는 원더우먼이나 소머즈 같은 영웅이 아니다. 일본 소설을 번역하고, 교정 보는 일도 하면서 먹고 사는, 세상 떠난 내 친구와 우리 오빠가 남긴 딸을 내 딸 삼아 키우며 사는 초로의 아줌마일 뿐이다. 나는 시간을 되돌릴 수도, 죽은 은실이를 되살릴 수도, 일부러 죽을 자리를 찾아 떠난 승주 오빠를 붙잡을 수도 없었다. 지진과 해일을 막을 수도, 원자력 발전소를 지켜 내는 것도 불가능했다.

하지만 이런 나라도 할 수 있는 일은 있었다.

"내가 키우마. 그 애가 건강하든 아프든 내가 키우고 돌보마. 네가 앞으로 애를 열 명 스무 명을 더 낳아도 내가 다 키워 줄 테니까."

"엄마."

"그 아이를 정말 어렵게 가졌잖니. 그 애는 괜찮아. 그러니 네 마음이 닿는 대로 해. 엄마가 계속 같이 가줄 테니까."

내 할머니는 그렇게 사랑하는 동무가 세상을 떠났

을 때 과거로 돌아갈 수 있었다.

내가 과거로 돌아간 것도, 내 친구 은실이가 세상을 떠났을 때였다. 막다른 순간에 철컥, 하고 되돌아가는 카세트의 오토리버스처럼, 그렇게 단 한 번 바꿀 수 없는 시간을 한 바퀴 빙 돌아 되돌려서. 그렇다면 너는, 그 어리고 똘똘해 보이던 너는 얼마나 나를 애틋하게 여겼으면 그 시간으로 돌아올 수 있었을까. 나는 은주의 어깨를 끌어안았다. 은주의 체온이 마치 내 친구 은실이의 체온 같기도 했고, 그날 만났던 아직 태어나지 않은 손녀 아이의 체온 같기도 했다.

시간을 되돌려도 과거는 바꿀 수 없다. 하지만 아직 오지 않은 미래만은 품을 수 있을 것이다. 나는 되돌리고 되돌려져 세 겹의 시간이 겹쳐진 듯한 그 순간에, 아직 오지 않은 미래를 향해 가만히 속삭였다.

작가의 말

## 미래의 꿈이 인류를 멸망시킬 수 있다면

내가 어렸을 때, 학교에서 독후감 과제용 필독도서로 지정한 책 중에는 '죽음의 재'에 대한 이야기가 나오는 동화들이 있었다. 1986년, 체르노빌 원자력발전소 사고 이후 나온 동화들이었다. 내가 태어나기 얼마 전에(이 책을 함께 쓰신 다른 두 작가님께서 태어나시고 얼마 뒤에), 미국의 원자력발전소에서 멜트다운(meltdown, 노심융해) 사건이 일어났다. 바로 이 이야기에 나오는 스리마일 섬 원자력발전소 사고였다. 그리고 1945년, 일본은 포츠담 선언을 거부하고 "단호하게 전쟁 완수에 매진하겠다"라고 선언했다. 연합군은 항복을 거부하고, 전쟁을 계속할 것을 선언한 일본에 원자폭탄을 투하했다. 당시 히로시마와 나가사키에는 강제노역에 끌려간 우리나라 사람들도 있었다. 1989년 KBS에서 방영된 드라마 <달빛 가족>에서는 가수 김승진이 분한, 친구들과 함께 음악 활동을 하던 막냇동생이, 작중에서 여러 번 원폭 피해자에 대한 노래를 불렀다. "원자폭탄이 떨어졌을 때, 나는 태어나지도 않았네. 할아버지가 히로시마에 살고 계셨다네."

깨끗하고 안전한 원자력 발전이 미래의 희망이라고 말하는 공익광고를 보면서도, 원자력에 대한 불안감은 늘 마음 한편에 있었다. 원자력은 아름답고 풍요로운 미래의 꿈이자, 언제든 인류를 멸망시켜도 이상하지 않을 트리거(trigger) 같았다. 그리고 2011년에 동일본 대지진이 일어났다. 일본 도호쿠 지방의 태평양 연안에서 발생한 이 지진으로, 거대한 쓰나미가 후쿠시마 원자력발전소를 덮쳤다. 냉각수 공급이 중단되고, 노심 온도가 급격히 상승하면서 방호벽이 녹아 버리는 멜트다운이 일어났다. 그 무렵에 내가 아는 분의 가족도, SNS로 친분을 맺고 있는 분도 도쿄에 계셨다.

나는 문득 스리마일 섬 원자력발전소 사고가 일어난 1978년에 태어나, 동일본 대지진이 일어난 2011년에 일본 도쿄에 머무른 어떤 사람의 모습을 떠올려 보았다. 우리 나이로 서른네 살, 한창 일할 나이, 그리고 여건이 된다면 결혼이나 임신, 출산을 고려할 수도 있는 나이. 그리고 그 사람의 부모나 친척 중에는, 어쩌면 1945년에 태어난 누군가가 있을지도 모른다. 그 사람에게, 그리고 그 가족에게, 설령 위험에 직접 노출되지 않았다 하더라도 원전 사고란, 피폭에 대한 두려움이란, 어떤 의미로 다가올까. 그렇게 가슴속에 안고 있던 이야기를, 이번 기회에 마침내 텍스트로 옮길 수 있었다. 좋은 기획에 참여하게 해 주신 꿈꾸는 섬과 그린북 에이전시에 감사드린다.

P.S. 이야기의 주인공 강은빈은 2011년생, 어머니 신은주는 1978년생이다. 작중에 구체적으로 언급하진 않았지만, 신은주의 아버지인 신승주는 1945년생으로, 신승주와 신주영의 가까운 일가(아마도 삼촌이나 외삼촌)에는 1945년 당시 히로시마의 미쓰비시 중공업으로 강제노역하러 간 이들이 있었다고 설정했다.

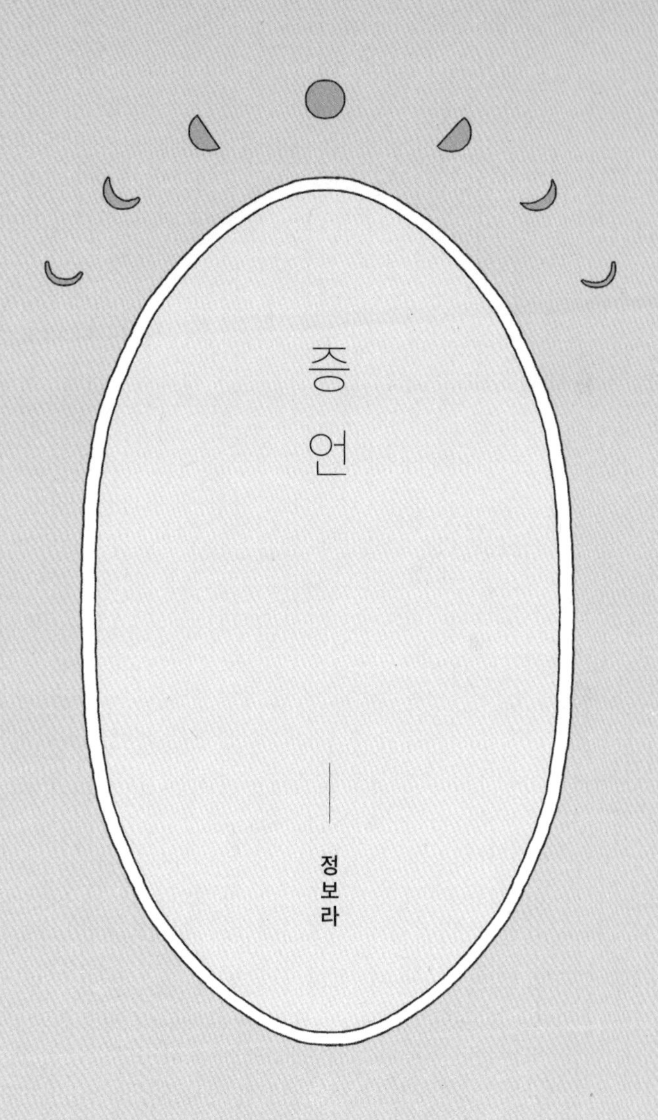
증언
정보라

도시가 탱크에 둘러싸이고, 군인들이 총을 들고 거리를 뒤덮었다. 완(莞)은 학교에 있었다. 수업 중에 교감 선생님이 들어와서 다들 빨리 집에 가라고 했다. 교감 선생님은 그 말만 하고 도로 나갔다. 수업하던 선생님이 교감 선생님을 따라나섰다. 그리고 선생님은 새하얗게 질린 얼굴로 곧 교실에 돌아왔다. 완과 동급생들에게는 아무도 무슨 일인지 알려 주지 않았다. 그저 서둘러 책과 공책을 챙겼다. 선생님에게 쫓기다시피 황급히 학교를 나왔다. 학교 앞 정류장에 학생들이 옹기종기 모여 서서 버스를 기다리고 있었다. 아무리 기다려도 버스는 오지 않았다. 몇몇 성질 급한 아이들이 발길을 돌려 걷기 시작했다. 완도 친구들을 따라 집을 향해 걸었다. 평소 같았으면 학교가 일찍 끝나서 신이 났을 것이다. 친구들과 모여서 집에 걸어가는 길은 왁자지껄 떠드는 소리로 즐거웠을 것이다. 그러나 이번에는 달랐다. 수학 선생님의 새하얗게 질린 얼굴과 교감 선생님의 벌겋게 부은 눈과 갈라진 목소리. 아무도 아무 말도 하지 않았다. 그리고 사람들이 뛰기 시작했다.

완은 무슨 일인지도 모르면서 아이들과 함께 뛰었다. 무슨 일인지 몰랐기 때문에 겁에 질려서, 그만큼 더 결사적으로 뛰었다. 하늘을 가르는 날카로운 폭발음이 들렸다. 찢어지는 듯 위협적인 소리, 완은 살면서 그런 소리를 처음 들어 보았다. 사람들이 비명을 지르면서 흩어졌다. 완은 어디로 가는지 모르는 채로 무조건 뛰었다. 옆에서 누군가 완의 손을 잡았다. 완은 자기 또래 아이의 겁에 질린 얼굴과 눈물 젖은 눈, 숨을 몰아쉬느라 크게 벌린 입을 보았다. 완은 모르는 아이의 손을 꽉 잡고 뛰고 또 뛰었다. 그러다가 완의 허리에서 불꽃이 터졌다. 등 전체가 산산조각 나는 것 같았다. 다음 순간 땅이 솟아올라 난데없이 완의 얼굴을 힘껏 때렸다. 어딘가에서 높고 기괴한 소리가 비틀리고 흔들리며 천천히 이어졌다. 완은 어리둥절한 채 그 소리에 귀를 기울였다. 소리는 곧 끊어졌다. 등에서 가슴에서 목으로 축축한 것이 흘러내렸다. 뜨겁고 축축한 것이 완의 몸을 따라 퍼지고 타고 올라왔다. 완은 어둠 속에 혼자 남았다.

이건 꿈이라고, 완은 생각했다. 아주 오래전에 꾼 악몽이었다. 그 뒤가 어떻게 되는지 완은 이미 알고 있었다. 어쨌든 나는 살았어, 완은 중얼거렸다. 같은 꿈을 꿀 때마다 완은 매번 그렇게 말하며 자신을 진정시켰다. 어쨌든 나는 살아남았다. 어쨌든 나는 살아 있다. 어쨌든 나는 살았다.

완은 걷고 있었다. 아주 오랫동안 걷고 있었다. 엄마와 함께 동생의 손을 잡고 계속 걷고 또 걸었다. 엄마는 큰 짐을 머리에 이고 아기 막냇동생을 업고 있었다. 완은 한 손은 큰동생의 손을 잡고 다른 손으로는 보따리를 움켜쥐고 있었다. 팔이 아프고 다리가 아팠다. 항상 목이 마르고 너무 더웠다. 처음에 걷기 시작했을 때 동생은 불평하며 보챘고 그러면 완은 짜증을 냈다. 언제부터인가 너무 배가 고프고 목이 마르고 팔다리가 아프고 너무 지쳐서, 동생은 더 이상 보채지 않게 되었고 완도 더 이상 화내지 않게 되었다. 엄마 등에 업힌 막냇동생이 아기인데도 점점 울지 않게 되었다. 아기가 점점 조용해지는 것이 완은 무엇보다도 무서웠다. 잠시 멈추어 설 짬이 날 때마다 엄마는 등에 업은 아기 동생을 풀어내어 젖을 물렸다. 아기는 젖을 빨지 않고 그저 엄마에게 얼굴을 기댄 채 작은 소리로 웅얼거릴 뿐이었다. 완의 가족뿐 아니라 걷는 사람들 모두 지쳐 있었다. 모두 너무 오래 걸었고 날은 너무 더웠다. 그리고 미군이 나타났다. 미군은 큰 소리로 알아들을 수 없는 말을 하며 어느 방향을 가리켰다. 걷는 사람들은 미군이 가리키는 방향으로 걷기 시작했다.

미군이 다가와서 어머니의 머리에 인 짐을 내리고 완이

손에 든 보따리를 가져갔다. 완은 시키는 대로 하면서도 조금 불안했다. 짐을 빼앗아가려는 게 아니라 그냥 들여다볼 뿐이라는 건 알고 있었다. 그러나 그 짐은 계속 걷는 동안 세 식구의 일상을 지탱해 준 살림살이 전부였다. 완은 가족의 물건을 아무에게도 넘겨주고 싶지 않았다. 그리고 폭격이 시작되었다. 하늘에서 폭탄이 떨어졌다. 미군이 걷는 사람들을 향해 총을 쏘았다. 사람들은 총알을 피해 동굴 안으로 달려갔다. 동굴은 진짜 동굴이 아니었다. 그저 언덕을 이어 놓은 굴다리가 두 개 나란히 뚫린 곳이었다. 그러니까 동굴은 총알을 막아 주기에는 너무 짧았다. 게다가 양쪽이 너무 훤하게 열려 있었다.

엄마가 옆에서 아기를 업은 채 소리 없이 쓰러졌다. 완은 동생의 손을 잡고 사람들을 따라 굴다리 안으로 뛰었다. 허리가 뜨거워졌다. 완은 허리에서 폭탄이 터졌다고 생각했다. 땅이 솟아올라 얼굴을 때렸다. 그러나 땅은 부드러웠다. 앞에서 뛰어가던 사람들이 쓰러져 축축한 피에 젖은 힘없는 몸으로 땅을 뒤덮고 있었기 때문이다. 완은 옆에서 동생이 지르는 찢어지는 비명을 들었다. 동생의 손을 잡으려 했으나 완은 땅에 있었다. 완은 잡고 있던 동생의 손을 놓쳤다. 땅에 엎드린 채로는 동생에게 손이 닿지 않았다. 등 전체에 불이 붙은 것 같았다. 완은 움직일 수 없고 말할 수 없었다. 완의 뒤에서 굴다리 안으로 함께 달려가던 사람들도 앞뒤에서 미군들이 마구 쏘는 총탄에 맞아 완의 몸 위로 쓰러졌다.

완이 다시 움직일 수 있게 되었을 때 사방은 어두웠다. 완은 죽은 사람들 사이에 깔려 죽은 사람들의 피와 땀에 흠뻑 젖어 있었다. 허리가 여전히 불에 타는 것 같았다. 다리를 움직일 수 없었다. 명치 아래로 아무것도 느껴지지 않아서, 사실 움직일 수 있는지 없는지조차 확실히 알 수 없었다. 완은 양팔을 움직여 자신을 뒤덮은 죽은 사람들 사이에서 조금씩 기어나가기 시작했다. 죽은 사람들은 무거웠다. 완이 아무리 팔로 헤집어도 피에 젖은 사람들은 완을 덮은 채 땅에서 일어나려 하지 않았다. 완은 목이 마르고 배가 고프고 이제는 다리도 움직일 수 없었다. 완은 죽은 사람들의 부드러운 몸과 축축한 피 위에서 조심스럽게 양팔을 움직여 천천히 힘겹게 몸을 빼내려 애썼다.

"야."

가느다란 목소리가 들려왔다. 완은 사방을 둘러보았다.

"야."

완은 힘껏 고개를 움직여 할 수 있는 한 뒤쪽을 쳐다보았다. 죽은 사람들 사이에 동생의 희끄무레한 얼굴과 겁에 질린 커다란 눈이 보였다.

"언니야."

동생이 꺼질 듯이 조그만 소리로 말했다. 완을 불렀다. 완을 향해 조그맣고 가느다란 손을 내밀었다. 완은 몸을 돌려 동생을 향해 기어가기 시작했다. 동생이 내민 손을 향해 자신의 손을 뻗었다. 동생의 손은 차갑고 딱딱했다. 동생은 더 이상 움직이지도 말하지도 않았다. 동생의 겁에 질린 커다란 눈은 어둠 속에서 죽은 사람들을 바라보고 있었다. 완은 비명을 질렀다.

- 할머니.

누군가 말했다.

- 할머니.

완은 자신이 죽었다고 생각했다.

"할머니."

단단한 두 손이 조심스럽게 완의 어깨를 잡았다. 완을 껴안았다.

"할머니."

완은 여전히 겁에 질린 채로 목소리가 들려오는 곳을 바라보았다. 익숙하고 다정한 손녀의 얼굴에 눈에 들어왔다.

"할머니, 괜찮아요. 나야, 민(敏)이."

"민이…."

완이 중얼거렸다. 잔뜩 긴장했던 몸에서 힘을 풀었다. 그러자 손녀가 꼭 끌어안았던 완의 어깨를 놓아주었다. 완은 사방을 둘러보았다.

"치료받으러 왔잖아요."

손녀가 부드럽게 말했다.

"기억 안 나, 할머니?"

"치료…."

완이 다시 민의 말을 따라 중얼거렸다. 조금씩 천천히 현실이 물결치며 기억 속으로, 마음속으로 흘러들어 오기 시작했다.

"환자분. 환자분?"

민의 옆에서 하얀 외투를 걸친 사람이 완에게 말을 걸었다. 완은 시선을 돌렸다. 하얀 외투를 걸친 사람의 머리카락이 분홍색이었다. 하얀 외투 가슴 부분에 이름과 함께 '의사'라는 직함이 새겨져 있었다. 완은 '의사'라는 단어와 갈색 얼굴과 밝고 명랑한 분홍색 머리카락을 멍하니 보았다. 머리카락이 아주 예쁘다고 두서없이 생각했다. 선명한 분홍 머리카락의 의사가 건조하게 물었다.

"환자분 성함 아세요? 자기 이름 말씀하실 수 있어요?"

완은 이름을 말했다. 의사가 다시 물었다.

"오늘 무슨 요일인지 아세요?"

완은 요일을 말했다. 의사가 고개를 끄덕였다. 태블릿에 뭔가 입력했다.

"우리 할머니 괜찮으신 거죠?"

민이 걱정스럽게 의사에게 물었다. 의사가 민을 향해 다시 고개를 끄덕였다.

"네, 별문제 없으신 것 같지만 아까 많이 놀라셨으니까, 오늘은 하룻밤 입원하셔서 저희가 상태를 모니터링하고, 괜찮으시면 내일 계속하죠."

하룻밤 입원이라는 말에 민이 근심 가득한 표정으로 완을 쳐다보았다. 완은 손녀에게 고개를 끄덕였다. 이제 '문제없으실' 수가 없게 되었다. 딸은 애초에 이 치료를 반대했다. 완이 굳이 주장해서 여기까지 왔는데, 치료받다 놀라서 병원에 하룻밤 입원해야 하는 상태가 되었다는 얘기를 들으면, 딸이 가만히 있지 않을 거라고 완은 생각했다.

완의 예측은 들어맞았다. 옥(沃)은 완이 병원에서 하룻밤 지내게 되었다는 민의 전화를 받자마자 당장 직장에서 뛰쳐나왔고, 병원으로 달려와서 우리 엄마한테 무슨 짓을 한 거냐고 의료진에게 항의했다. 딸을 말리려고 이것저것 얘기하다가 완은 시뮬레이션 도중에 자신의 경험이 아닌 장면들이 튀어나왔다는 말을 흘려 버렸고, 딸은 더더욱 분노했다. 이 시점에서 의사가 약간 눈살을 찌푸렸다.

"환자분 아까는 그런 말씀 안 하셨는데요?"

완은 더듬거리며 말을 골랐다. 시뮬레이션에서 막 깨어났을 때는 등이 타는 것 같은 감각과 두려움과 공포가 너무 커서 아무 말도 할 수 없었다고 천천히 최선을 다해 설명했다. 시뮬레이션이 끝날 때 자신을 바라보는 겁에 질린 어린 얼굴, 눈물 젖은 커다란 눈을 바라보며, 눈앞의 사람이 죽었다는 사실을 깨닫고 비명을 질렀다는 말은 하지 않았다.

의사는 찌푸린 눈살을 펴지 않았다.

"확실히 환자분 본인 경험이 아니었단 말이죠? 혹시 옛날 기억들이 섞인 건 아닐까요?"

완은 천천히 고개를 저었다.

"사람들 옷차림이나, 총 든 미군이나, 군복이나… 육이오전쟁 때 같았어요."

"한국전쟁요?"

의사가 여전히 눈살을 찌푸린 채로 중얼거렸다. 들고 있던 태블릿을 펼쳐서 검색하기 시작했다.

"내가 태어나기 한참 전이에요."

완이 말했다. 그렇지, 요즘 사람들은 육이오전쟁이 조선 시대 일이라고 생각하겠지. 태블릿을 들여다보는 의사의 밝은 분홍색 머리카락을 보면서 완은 속으로 한숨을 쉬었다.

"그렇겠네요. 1950년…"

의사가 여전히 태블릿 화면을 손가락으로 넘기면서 중얼거리듯이 말했다. 그러다가 태블릿을 단호하게 접었다.

"일단 하룻밤 상태를 보시고, 저희도 기록을 다시 보고, 어디에서 오류가 생겼는지 알아보겠습니다. 만약에 내일도 시뮬레이션 도중에 이런 상황이 벌어지면 그때는…"

"내일도 한다고요? 방금 사람이 죽을 뻔했는데?"

딸이 의사의 말을 중간에 잘랐다. 민이 옆에서 말리려 했다.

"엄마, 죽긴 누가 죽어…"

"너 좀 가만히 있어. 치료 당장 중단하세요. 우리 엄마 오늘 밤엔 혹시 모르니까 경과 봐야겠지만 내일은 해 뜨자마자 퇴원하실 거니까 그렇게 아세요."

딸이 화를 냈다. 완이 말했다.

"의사 선생님께 그렇게 덤비지 마라. 너 내가 그렇게 안 키웠다."

"엄마는 아까 숨넘어가실 뻔했다면서!"

딸이 외쳤다. 완이 다시 천천히 말했다.

"내일 치료 계속할 거다. 그렇게 알아라."

"엄마!"

완은 병원에서 제공한 휠체어에 앉은 채 단호한 눈길로 딸을 쳐다보았다.

"나 아직 정신 멀쩡하고, 여기도 내가 결정해서 내 발로 왔어. 치료를 계속할지 말지도 내가 결정해. 그러니까 넌 숨이나 좀 돌리고, 민이 데리고 어여 집에 가서 밥 다운 밥이나 멕여."

딸이 뭐라고 반박하려다가 입술을 깨물었다. 완이

이런 표정에 이런 말투로 말할 때는 싸워 봤자 소용없었다. 딸은 평생 경험해서 잘 알고 있었다. 손녀가 엄마 뒤에서 할머니를 쳐다보았다. 그리고 살짝 웃으며 눈을 찡긋해 보였다. 완은 진지한 얼굴로 고개를 저었다.

"의사 선생님, 여러 가지로 곤란하게 해 드려서 죄송합니다. 내일 뵙시다."

완이 말했다. 그리고 익숙한 손놀림으로 익숙하지 않은 휠체어의 스위치를 눌렀다. 휠체어는 빙글 돌아서 완을 싣고 정해진 병실을 향해 천천히 미끄러지듯 움직였다.

완은 밤에 잠을 잘 이루지 못했다. 완은 평생 푹 자 본 적이 몇 번 없을 정도로 잠을 얕게 자는 편이었다. 해마다 봄이 되면 잠 못 자는 날들이 이어지곤 했다. 언제나 그러했으므로 잠을 못 자면 '또 이러는구나' 하고 대수롭지 않게 여겼다. 그러나 근래 잠 못 자는 증상이 부쩍 심해졌다. 간신히 잠이 들더라도 화들짝 놀라며 깨기 일쑤였다. 그렇게 얕은 잠을 자다가 놀라서 깨는 일이 밤새 계속되었다. 무엇 때문에 놀랐는지, 무엇이 그렇게 무서웠는지는 잠에서 깨고 나면 기억하지 못했다. 그저 무서웠다.

공포와 불면의 밤과 불안과 두려움의 새벽이 봄을 온통 지배했다. 무서운 밤은 계절이 바뀌어도 계속 이어졌다. 생활이 흐트러졌다. 완은 화장실에서도 졸았고, 밥을 먹다가도 졸았고, 국을 끓이다가도 졸았다. 밥을 먹다 졸면 떨어뜨려 깨진 밥그릇과 흩어진 밥알은 로봇청소기가 치워 주었다. 국을 끓이다가 졸아붙어 탄 냄비에는 화재 안전장치가 알아서 물을 뿌리고 불을 꺼 주었다. 그러나 그 모든 어그러짐의 원인이 된 잠은 기계가 해결해 줄 수 없었다. 그러다가 마침내 완은 딸과 전화하는 도중에 잠들어 버렸다. 딸은 어머니가 심장마비라도 일으켰나 하고 혼비백산했다. 집에 달려온 딸 앞에서 완은 연례행사처럼 찾아오는 불면과 악몽이 이제는 달이 지나고, 계절이 바뀌도록 자신을 괴롭히고 있다는 사실을 실토해야만 했다.

가족회의가 열렸다. 그때 민이 제안한 것이 가상현

실 시뮬레이션 치료였다. 이전부터 있었던 최면 치료를 디지털화한 새로운 심리치료 방식인데, 간단히 말해 꿈을 기록한 다음에 다른 꿈으로 덮어쓰는 것이라고 민이 설명했다. 영상으로 기록된 꿈을 인공지능이 분석한 뒤에 꿈 시나리오를 조금씩 변경한다. 말하자면, 인공지능과 함께 꿈을 꾸는 것이다. 그러면서 인공지능이 점점 더 무난한 꿈 시나리오를 삽입한다. 그러므로 치료받는 사람은 시간이 갈수록 점점 덜 무서운 꿈을 꾸게 된다. 혹은 꿈 시나리오에 따라 자신이 이전에 악몽 속에서 무섭다고 생각했던 것을 전혀 무서워하지 않게 된다. 완은 이 설명을 잘 알아듣지 못했다. '시뮬레이션', '디지털', '인공지능' 같은 단어가 들어갔기 때문이 아니었다. 잠을 못 자니 머리가 언제나 멍했다. 대화할 때도 두 번째 단어부터는 알아듣지 못하게 되었다. 그럼에도 불구하고 완은 시뮬레이션 치료에 동의했다. 손녀가 조심스럽게 이렇게 덧붙였기 때문이다.

"여기 보니까 반복되는 악몽은 과거의 충격적인 경

험이나 트라우마로 인한 경우가 많대요…. 최면 치료는 당사자가 치료 과정에서 혼자서 그 트라우마를 다시 겪게 될 때 치료자나 조력자가 개입하는 데 한계가 있었지만, 시뮬레이션 치료는 악몽의 내용을 영상으로 분석해서 객관화할 수 있기 때문에, 통제 가능하고 심리치료와 병행하면 효과가 아주 좋다고…."

민은 근심스럽게 엄마와 할머니를 번갈아 쳐다보았다. 딸도 완을 쳐다보았다.

"엄마 재한테 무슨 얘기 했어?"

"얘기는, 무슨 얘기를 해…."

완이 대답했다. 옥이 딸에게 말했다.

"할머니하고 얘기 좀 해야 하니까 방에 들어가 있어."

"그치만 엄마…"

"좀 들어가 있어 봐, 나중에 얘기해 줄게."

민은 부루퉁한 채 방으로 들어갔다. 옥은 방문이 닫힐 때까지 민의 뒷모습을 지켜보았다. 민의 방문이 완전히 닫히는 것까지 확인하고 옥이 물었다.

"엄마, 재 무슨 얘기 하는 거야? 엄마 무슨 일 있었어?"

"일은 무슨, 아무 일 없다."

완이 조용히 대답했다. 옥이 다시 물었다.

"엄마 다쳤을 때 일이야? 그것 때문에 그래?"

완은 대답하지 않고, 고개를 저었다.

딸은 물론 완의 허리에 있는 흉터를 본 적이 있다. 어렸을 때 딸이 흉터에 대해서 물었지만, 완은 그냥 다쳤다고만 하고 얼버무렸다. 다리를 쓰지 못하게 된 이유에 대해서 완은 딸뿐만 아니라 그 누구에게도 평생 말하지 않았다. 처음에는 말할 수가 없었다. 말하기는커녕 생각조차 하기 싫었다. 새삼스럽게 말할 이유도 별로 없었다. 해마다 5월이 되면, 동네 모든 집이 같은 날 제사를 지냈다. 중학생이 허리에 총을 맞은 자초지종을 굳이 구구절절이 이야기할 필요 따위는 없었다. 그보다 성가신 것은 '여자아이인데…' '저래 가지고 시집은 어떻게…' 하는 주변 사람들의 동정과 연민 섞인 눈초리, 쯧쯧 혀 차는 소리 정도였다.

완은 사정을 다 아는 같은 동네 남자와 결혼했다. 남자의 아버지도 완이 총에 맞던 날 도시의 다른 곳에서 목숨을 잃었다. 남자의 어머니는 결혼에 결사반대했다. 그리고 숨을 거두는 순간까지 마음을 열지 않았다.

그래도 완은 자기 나름대로 행복하게 살았다. 남편과 사이도 좋았고, 느지막이 어렵게 얻은 딸 옥을 애지중지 길렀다. 아기가 기어 다니기 시작했을 때, 함께 집 바닥을 기어 다니며 아기와 웃었던 기억은 완의 가장 소중한 추억 중 하나였다. 아기 웃음소리는 아직도 어제 일처럼 귓가에 생생하고, 그 모습을 바라보던 친정어머니의 안타까운 표정과 시어머니의 경악한 눈빛 중에서 어느 쪽이 더 마음이 아팠는지, 완은 이제 오래된 일이라 기억나지 않았다.

옥이 학교에 들어갈 때쯤에는 탱크에 둘러싸이고 총 든 군인들로 뒤덮였던 도시의 그 날을 세상 모두가 깨끗이 잊은 것만 같았다. 그래도 완을 둘러싼 세상은 조금씩 나아지고 있었다. 옥이 태어났을 때쯤 길거리

보도의 턱이 없어지기 시작했다. 옥이 학교에 다니면서는 건물들에 차츰 경사로가 생겼다. 완은 딸과 함께 장을 보러 갈 수 있었다. 딸의 운동회를 보러 갈 수 있었다. 완이 어렸을 때는 생각도 할 수 없는 일들이었다. 완이 다리를 쓰지 못하게 된 뒤, 군인들이 떠나고 나서 학교의 문이 다시 열리고 수업하게 되자, 어머니가 매일 완을 업어 날라 중학교를 졸업시켰다. 고등학교 입시는 아버지가 반대했지만, 어머니가 강력하게 설득해서 완은 결국 입시를 치르고 고등학교에 합격했다. 그러나 중학교가 그랬듯이 고등학교에도 계단이 너무 많았다. 중학교가 그랬듯이 고등학교도 문이 다 너무 좁았다. 교실 입구에도 화장실 입구에도 턱이 있었다. 어머니가 매일 업어 나르는 한이 있어도 고등학교만은 졸업시키겠다고 몇 번이나 말했다. 완도 어머니의 그 말이 진심임을 알고 있었다. 그래서 완은 입학식에 다녀온 날 고등학교를 그만두었다.

딸은 어렸을 때부터 완과 함께 다니면서 휠체어를 탄 어머니를 방어하는 법을 익혔다. 과도한 친절과 동정은 무시나 차별과 똑같은 동전의 양면이었다. 휠체어 탄 여자 옆에 함께 다니는 어린 여자아이를 흥미로운 장난감이나 희한한 구경거리로 생각하는 사람도 세상에는 많이 있었다. 딸이 자기주장이 분명하고 철두철미한 성격의 불같이 강한 여성으로 성장하는 모습을 지켜보며, 완은 그런 딸이 무엇보다 자랑스럽고 든든했다. 동시에 딸이 좀 더 부드럽고 편안한 사람으로 자라나지 못한 것이 자기 탓인 것 같아 속으로 자책하고 미안해했다.

"엄마, 무슨 일이야?"

민이 방문을 닫은 것을 확인하고, 옥이 부드럽고 조심스럽게 물었다.

"얘기해 봐, 엄마…"

"그 심리치료라는 거, 한번 해 봤으면 좋겠다."

완이 대답했다. 딸이 고개를 저었다.

"꿈이 어쩌고 시나리오가 어쩌고 너무 비과학적으로 들리던데… 사기꾼들 아냐? 난 못 믿겠어."

완은 그저 고개를 저었다. 딸에게 길게 뭔가 설명할

기운이 없었다. 그날 밤 완은 깜빡 잠이 들었다. 그리고 거실에서 딸과 손녀가 두런두런 이야기하는 소리를 들으며 희미하게 잠에서 깼다.

"할머니가 무슨 얘기를 하셔서 그런 게 아니야. 요즘 너무 피곤해하시니까 내가 검색하다 찾아낸 거야."

손녀가 딸을 차분하게 설득했다.

"뭐라도 해야지. 어떻게든 잠을 주무시게 해야 할 거 아냐. 저러다 큰일 나."

"그래, 알았다."

딸이 마지못해 동의하는 것을 듣고, 완은 역시 자식 이기는 부모는 없다고 생각하면서 다시 까무룩 잠에 빠져들었다.

사방이 어두웠다. 완은 다른 여자아이의 손을 잡고 달리고 있었다. 자신처럼 일본인들에게 속아서 끌려온 여자아이였다. 이름은 몰랐다. 골방에 갇힌 여자아이들은 모두 부모가 지어준 이름을 빼앗겼다. 대신 하나(花)로 시작하는 낯선 이름을 받았다. 하나코, 하나무라, 하나야마 원래 이름은 말할 수 없었다. 서로 물어보려고 하면 어디선가 일본 남자가 나타나서 욕을 하며 때렸다. 장화 신은 발로 차기도 했다. 여자아이들은 절박했다. 밥을 굶지 않기 위해서, 맞지 않기 위해서. 빨래하고 청소하고 남자와 자신들이 먹을 밥을 해야 했다. 하지만 그러느라 손님을 적게 받거나, 빨래터에서, 부엌에서 잡담이라도 조금 길게 하느라 시간을 끌면 어김없이 남자에게 얻어맞고 걷어차였다. 완은 공장에 취직시켜 준다는 말에 낯선 남자를 따라나섰다. 트럭을 타고, 기차를 타고, 배를 타고 도착한 곳은 골방이었다. 사람들은 일본어로, 중국어로, 그리고 완이 이해하지 못하는 다른 여러 나라의 언어로 말했다. 그리고 완을 강간하고 때렸다. 처음부터 두들겨 맞으며 강제로 끌려온 여자아이들도 있었다. 시간이 지날수록 그런 여자아이들이 늘어났다.

이름 모를 여자아이들이 임신한 채 일본 군인의 총에 맞아 죽고, 칼에 맞아 죽었다. 구둣발에 맞고 주먹에 맞아 죽고 목이 졸려 죽고 병에 걸렸다고 길에 내버려서 얼어 죽고, 굶어 죽기도 했고, 배고파서 도망치다가 끌려와서 맞아 죽었다. 앞뒤 소식 없이 그냥 사라지기도 했다. 아직 어린애 티도 벗지 못한 꼬마가 손님의 칼에 찔려 죽는 모습을 보고, 완은 탈출을 결심했다. 이름을 모르는 옆방 소녀와 함께 아직 어둠이 가시지 않은 이른 새벽에 골방을 나섰다. 삐걱거리는 나무계단을 조심조심 내려왔다. 문틀이 비뚤어져 언제나 제대로 닫히지 않는 문을 살금살금 밀어 열었다. 마당을 지나 달렸다. 이름을 모르는 아이의 손을 꼭 잡고 무조건 있는 힘껏 달렸다. 마당에서 나오자마자 뒤에서 알아듣지 못할 일본어로 사나운 고함이 들려왔다. "바카야로!" 그 한 마디는 알아들을 수 있었다.

그리고 허리에서 폭탄이 터졌다. 등이 산산조각 나 부서졌다. 불길이 등 전체를 뒤덮었다. 완은 꼭 잡고 있던 이름 모를 여자아이의 손을 놓쳤다. 손을 놓친 순간 땅이 솟아올라 굉장한 힘으로 완의 얼굴을 때렸다. 발소리가 들렸다. 완은 옆에 이름 모를 여자아이가 쓰러진 것을 보았다. 겁에 질린 얼굴은 어둠 속에서 핏기없이 새하얗게 보였다. 그 하얀 얼굴의 커다란 눈은 공포와 고통에 가득 차고 눈물에 젖어 있었다.

완은 소스라치며 깨어났다. 사방을 둘러보았다. 자신의 얼굴을 들여다보는 의사와 눈이 마주쳤다. 선명하고 상냥한 분홍색 머리카락이 눈에 가득 들어왔다. 현실로 돌아왔다는 안도감이 밀려왔다.

"중단할까요?"

의사가 물었다.

"이번에도 환자분 경험과는 무관한 장면들이 계속 보였는데요."

"일제강점기 같아요…."

완이 중얼거렸다. 의사가 고개를 끄덕이며 또 태블릿을 펼치고, 재빨리 손가락을 움직이기 시작했다. 그 모습을 보며 완이 조언했다.

"백 년쯤 전이에요."

의사는 태블릿 화면을 쳐다보며 말없이 고개만 끄덕였다. 완은 의사의 분홍색 머리카락을 쳐다보며 가만히 생각했다. 의사가 다시 입을 떼려고 할 때, 완이 먼저 말했다.

"분명히 이유가 있을 거예요."

"네?"

의사가 되물었다. 완이 설명했다.

"인공지능이 이런 기억들 속으로 저를 이끄는 데는 이유가 있을 거예요. 마치 시간여행을 하는 것 같아요. 시대는 다르지만 계속 비슷한 일을 겪고, 계속 도망치고, 총에 맞고…."

그리고 다른 시간대의 다른 사건에서도 완은 언제나 어린 소녀였다. 모르는 아이의 손을 잡고 함께 달렸고, 손을 놓쳤고, 언제나 그 커다랗고 눈물 젖은 눈을 바라보다 깨어났다.

의사가 말했다.

"인공지능은 누구를 이끌지 않습니다. 그런 식으로 작동하는 게 아니에요."

의사가 치료의 구조를 설명하려 했다.

"치료의 목적은 악몽을 재구성해서 더는 무섭지 않게 함으로써 트라우마의 후유증을 완화하는 데 있습니다. 프로그램이 연결망 안의 다른 데이터베이스에 접근해서 비슷한 기억들을 탐색한다면, 인공지능이 애초에 설계한 치료 프로세스와 전혀 다른 행동을 하는 겁니다."

"그러니까 그게 이유가 있을 거라고요."

완이 말했다. 그 이상 더 적절하게 설명할 언어가 완에게는 없었다. 완은 주변의 모든 사람이 그러했듯이, 고통을 잊고 충격을 피하고 분노와 원한을 삭이며 그저 꾹 눌러 참고 극복하고 꿋꿋하게 앞으로 나아가는 방법만을 어린 시절 내내, 어쩌면 평생 배우고 익혀 왔다. 세상에 재구성할 수 없는 악몽, 완화할 수 없는 트라우마, 잊을 수 없는 고통과 삭일 수 없는 분노가 존재한다는 사실을 완은 설득력 있는 언어로 명확하게 표현하는 방법을 배우지 못했다. 그 사실을 받아들이는 방법조차 배워본 적이 없기 때문이었다.

"하여간 계속해 봐요."

완이 주장했다.

"어디까지 가는지 알아야겠어요."

"게임이 아닙니다. 어디까지 가는 건 없어요."

의사가 조심스럽게 충고했다.

"정말로 계속하시겠어요? 환자분한테 신체적으로나 정신적으로나 너무 무리일 수도 있어요."

"그러면 선생님이 중단시켜 주시면 되죠."

완이 말했다.

"옆에서 계속 보고 계실 거잖아요?"

"그건 그렇죠."

의사가 석연치 않은 표정으로 동의했다.

완은 다시 눈을 감았다.

완은 흔들렸다. 누군가 자신의 머리채를 잡아끌고 가는 것을 어렴풋이 느꼈다. 머리카락이 다 뽑히는 것 같았다. 팔과 어깨가 땅의 돌과 자갈과 모래와 나뭇등걸과 풀뿌리에 쓸려 아팠다. 그런데 명치 아래로는 마치 몸이 뭉텅 잘려나간 듯 아무것도 느껴지지 않았다. 소리를 질러보았다. 목소리가 나오지 않았다. 완을 끌고 가던 사람들이 완의 몸을 붙잡아 어딘가에 던져 넣었다. 말로 표현할 수 없는 역한 냄새가 풍기는 좁은 공간이었다. 완은 움직일 수 없었다. 손이 차갑고 허리가 화끈거리는 것 같기도 했다. 추운 것 같기도 하고 저린 듯 쓰린 듯 견디기 힘든 느낌이 들었다. 그리고 완과 함께 다른 시체들을 태운 트럭은 독한 매연을 뿜으며 시끄러운 소리를 내면서 덜컹덜컹 흔들리며 달리기 시작했다. 완은 움직일 수 없고 말할 수 없고 눈을 크게 뜬 채 눈꺼풀조차 깜빡일 수 없었기 때문에 살았다.

트럭은 완이 알지 못하는 곳에 몇 번 더 멈추었다. 그때마다 군인들이 죽은 사람을 모아서 짐칸에 던져 넣었다. 트럭이 마침내 완전히 멈추었다. 군인들이 죽은 사람들을 한꺼번에 땅에 내려놓았다. 완은 죽은 사람들 사이에서 움직이지 않았다. 트럭이 다시 떠나는 소리가 들렸다. 그러고 나서도 한참이 지난 뒤에 완은 몸을 움직여 보았다. 목은 움직일 수 있었다. 입을 벌릴 수 있었다. 목소리는 나오지 않았다. 그래도 입을 벌리고 다물 수 있다는 건 좋은 일이었다. 양팔을 움직일 수 있었다. 명치 아래로는 여전히 아무것도 느껴지지 않았다.

완은 천천히 힘겹게 양팔로 온몸을 끌며 움직이기 시작했다. 쉽지 않았다. 죽은 사람들은 무거웠다. 죽음은 삶보다 훨씬 무거웠다. 흘러나온 피에 젖은 죽은 사람들의 팔다리와 몸통이 완의 손과 등과 어깨를 붙잡았다. 완은 있는 힘을 다해 양팔을 움직여 몸을 끌어당기고 또 끌어당겼다. 이곳에서 벗어나고 싶었다. 집에 가고 싶었다. 살고 싶었다. 완은 양팔에 자신의 생을 걸고 기었다.

"야."

가느다란 목소리가 뒤쪽 어딘가에서 들려왔다. 완은 더럭 겁이 났다.

"야."

완은 양팔을 힘껏 휘둘러 서둘러 움직이려 했다.

몸이 나아가지 않았다. 감각이 없는 명치 아랫부분 어딘가에 죽은 사람이 걸린 것 같았다. 두 손으로 땅을 움켜잡고 끌어당겨 보았다. 양팔로 앞을 휘저었다. 아무리 애써도 몸이 전혀 움직이지 않았다.

"야."

완은 뒤를 돌아보았다. 자기 또래의 모르는 아이. 허리에 총을 맞았을 때 손을 놓쳤던 아이다. 겁에 질린 얼굴과 크게 뜬 눈물 젖은 눈이 어둠 속에서 희끄무레하게 보였다. 모르는 아이의 작은 손이 완의 피에 젖은 치마를 꼭 잡고 있었다. 완은 한순간 안도했다.

"야."

아이가 뭐라고 말하는지 잘 들리지 않았다. 완은 힘겹게 몸을 돌렸다. 아이를 향해서 기어가기 시작했다. 마음은 급한데 몸은 느렸다. 몇 년이나, 몇십 년이나 걸린 것 같았다. 마침내 완이 다가가서 얼굴을 가까이 댔다. 모르는 아이는 더 이상 움직이지도 말하지도 않았다. 겁에 질린 눈은 그대로 크게 뜬 채 어딘지 모를 어둠 속을 향하고 아무것도 보고 있지 않았다.

"야."

사나운 목소리가 어둠 속에서 말했다.

"이 빨갱이 이거 안 죽고 살아 있네?"

"…빨갱이 아니야."

완은 이렇게 말하는 자기 목소리를 들으며 눈을 떴다.

현실로 돌아온 뒤에도 완은 몇 번이고 같은 말을 되

풀이해 중얼거렸다.

"나 빨갱이 아니야."

완은 집에 돌아와서 치료를 계속 받겠다고 선언했다. 옥은 펄쩍 뛰며 결사반대했다. 이번에는 민도 걱정스러운 표정이 되었다. 완은 물러서지 않았다. 이제는 덜 무섭다고 완은 주장했다. 처음 갔을 때처럼 그렇게 숨넘어가게 혈압이 오르거나 심장이 두근거리는 것도 덜해졌다고, 의사 선생님도 계속 진행해도 된다고 말했다고, 완은 차분하지만 단호하게 설득했다.

"나 혼자 다녀도 되니까 너희는 상관하지 마라."

완이 선언했다.

"치료는 계속 받을 거다."

"아, 엄마."

옥이 탄식했다.

"그놈의 차 열쇠를 뺏어버리든지 해야지…."

"그러면 할머니 택시 타고 다닐걸."

민이 옆에서 끼어들었다. 옥은 민에게 고개를 돌렸

다. 뭐라고 말하려다가 다시 입을 다물었다. 완은 이동이 제한된 사람에 대한 배려가 전혀 없는 매몰찬 도시에서 어떻게든 필요한 장소로 이동하는 방법을 평생 탐색해 온 사람이었고, 옥도 그 사실을 알고 있었다.

완은 전통적인 한국의 부모가 그렇듯이 옥이 의사나 변호사, 아니면 간호사나 교사나 공무원 같은 안정적이고 전문적인 일을 하기를 원했다. 옥은 대학을 졸업하고, 자동차 영업에 뛰어들었다. 처음에는 사람이 운전하는 승용차를 팔았다. 그러다 자율주행차가 일반화되면서 옥은 자율주행차 판매에 뛰어들었다. 그리고 얼마 지나지 않아서 자기 분야에서 알아주는 전문가가 되었다. 옥의 고객 중에는 장애인이나 장애인 가족이 많았다. 여기까지는 완도 예측할 수 있었다. 완은 옥이 택한 삶의 방식조차 자기 탓인 것 같아서 역시 자랑스러우면서도 한편 미안했다.

옥이 영업직에서 성공한 이유는 역설적이게도 자율주행차를 전혀 신뢰하지 않았기 때문이다. 옥은 운전면허를 취득할 수 있는 나이가 되자마자 면허를 땄다. 면허를 따자마자 모바일 앱과 인터넷 사이트를 눈이 벌겋게 되도록 뒤져서 싸구려 털털이 중고차를 구했다. 그리고 옥은 엄마를 싣고 다니기 시작했다. 휠체어를 접어 넣을 공간이 있는 차종과 없는 차종, 접어 넣을 공간은 있는데 접은 휠체어를 넣거나 뺄 때문에 걸리는 차종과 그렇지 않은 차종, 휠체어를 탄 승객이 곧바로 탑승할 수 있도록 시트를 일부 분리할 수 있는 차종과 그렇지 않은 차종, 타고 내릴 때 사람이 차에 맞춰야 하는 차종과 그렇지 않은 차종을 옥은 스무 살이 되기 전부터 줄줄 꿰고 있었다.

자율주행차 시범 운행 소식이 뉴스에 나오기 시작했을 때, 완은 자신의 이동 범위가 넓어질 것이라 생각했다. 옥은 자율주행차를 만든 사람이 비장애인일 것이므로, 자율주행차도 비장애인만 사람으로 인식하고 휠체어 탄 사람은 사람으로 인식하지 못할 것이라 생각했다. 휠체어 탄 사람뿐 아니라 성인 비장애인 평균보다 키가 작은 사람, 성인 비장애인 평균과 다른 체형을 가진 사람, 어쨌든 성인 비장애인 평균에서 벗어나는 사람은 사람으로 인식하지 못할 것이라고, 사람이 아닌 생물을 저 기계는 피하거나 보호해서 살려야 할 생명체로 인식조차 하지 못할 것이라고 옥은 의심했다. 옥은 자율주행차가 이전에 사람이 눈으로 보면서 직접 운전하던 '구식' 자동차보다 생명체를 훨씬 더 많이 죽고 다치게 할 것이라 확신했다. 그래서 옥은 차를 한 대 팔 때마다 매번 의심하고 시험하고 점검하고 확인했고, 차를 구입해서 타는 사람이 궁금해하거나 불안해할 만한 점을 예상해서 정보를 수집하고 대책을 고민했다. 옥의 고객들은 그래서 옥을 신뢰했다. 그리고 주변 사람들에게 자동차가 필요해지면 옥을 소개해 주었다.

완이 자율주행차를 알아봐 달라고 부탁했을 때, 옥은 당연히 의심하고 망설였다. 완은 돈 때문이라 생각했다. 자동차는 본래 비싼 물건이니까, 저절로 운전하는 자동차는 당연히 더 비싸겠지. 그래서 완은 나라가 주는 장애지원금과 노령연금이 있고 자율주행차를 살 때 장애인 등급을 제시하면 할인도 받을 수 있다고 길게 설명했다. 옥이 걱정한 것은 돈이 아니었다. 완은 딸이 영업직으로서 자기가 일하는 분야에 대해서 얼마나 잘 알고 있는지, 얼마나 꼼꼼하게 물건을 점검하는지, 얼마나 철두철미하게 모든 가능한 의문점과 잠재적인 불안요소에 대비하는지 직접 목격했다. 딸을 지켜볼 때면 언제나 그랬듯이 완은 저래서 십 년 전에 첫차를 산 손님들이 십 년 뒤에 차 바꿀 때도 내 딸을 찾는구나, 라는 뿌듯하고 커다란 자랑스러움과 그런데 내 딸이지만 가끔은 참 피곤한 아이라는 조그만 짜증을 동시에 느꼈다. 어쨌든 완은 그런 우여곡절 끝에 마침내 평생 처음으로 자기 명의의 차를 소유하게 되었다. 휠체어를 탄 채로 쑥 들어가 탈 수 있고 휠체어를 탄 채로 스르륵 내릴 수 있는 차였다. 자율주행차가 자신이 입력한 목적지를 향해 움직이기 시작했을 때 완은 전동휠체어를 처음 탔을 때의 그 기분을 다시 느꼈다. 나도 어디든지 원할 때 원하는 곳으로 갈 수 있다. 혼자서 갈 수 있다. 그것은 자유의 감각이었다.

"할머니 치료받으실 때 내가 같이 갈게."

민이 자원했다.

"넌 학교 가야지 어딜 같이 가니."

옥이 반박했다. 그러나 목소리는 그다지 강하지 않았다. 조금은 망설이는 듯했다. 그 틈을 놓치지 않고 민이 제안했다.

"오후 시간에 예약하면 괜찮아. 학교 끝나고 병원 들렀다가 할머니랑 집에 같이 오면 되잖아."

"그래라. 나도 민이가 같이 와 주면 좋지."

완이 거들었다. 옥은 뭐라 말하려다 입을 다물었다. 표정을 보니 조금 안심한 것도 같았다. 그래서 완은 논의를 길게 끌지 않기로 했다. 딸과 손녀가 보는 앞에서 병원에 전화해서 진료 예약 시간을 오후로 바꾸었다.

산길을 걷고 있었다. 사방이 어두웠다. 추웠다. 벌써 몇 달이나 산에서 내려가지 못했다. 마을은 아마 없어졌겠지. 사람들이 그렇게 말했다. 군인들이 마을에 불을 지르고 마을 사람들을 끌어내서 죽였다. 학교 운동장이 전부 피에 덮여 노랗던 모래가 시꺼멓게 되었다고 했다. 아기가 죽은 엄마 시체 위에 버려져 젖 달라고 울고 있더라고 했다. 살아남기 위해서 사람들은 대대로 살던 집을 버렸다. 보따리에 짐을 싸서 이고 지고 산으로 향했다. 풀뿌리를 캐고 나무껍질을 벗겨 먹었다. 살림살이나 옷을 가지러 마을로 내려가려던 몇몇 사람들이 군인이 쏜 총에 맞아 죽었다. 다녀온다고 나갔다가 소리 없이 사라져 버리기도 했다.

산속에서 며칠이나 숨죽이고 있었다. 이제 풀뿌리도 나무껍질도 다 떨어졌다. 눈을 그러모아 덩어리로 만들어서 핥고 눈 녹인 물을 마시며 허기를 달래 보았다. 며칠 전부터는 눈도 오지 않고 땅은 바짝 말라 있었다. 배가 고팠다. 죽을 듯이 배가 고팠다. 그래서 완은 달빛도 보이지 않는 깜깜한 시간에 조용히 산길을 걷고 있었다. 집 뒤의 귤나무가 그리웠다. 집 앞 해변에서 말리던 생선과 잠녀(潛女)들이 갓 따온 싱싱한 미역과 전복이 그리웠다. 산에 들어온 후로 완은 귤나무와 바다와 잠녀들에 대해 자주 생각했다. 잠녀 아줌마들은 살아 있을까, 바닷속에 숨어서 군인들 눈에 띄지 않고 살아남았으면 좋은데, 완은 그런 생각을 했다.

"야."

뒤에서 가느다란 목소리가 들렸다. 완은 깜짝 놀라 발걸음을 멈추었다.

"야."

가느다란 목소리가 다시 불렀다. 완은 이를 악물고 천천히 고개를 돌렸다. 자기 또래 모르는 아이의 희끄무레하고 창백한 얼굴이 보였다. 겁에 질린 커다란 눈과 시선이 마주쳤다. 완은 자기도 모르게 아이를 향해 손을 내밀었다. 아이가 종종걸음으로 서둘러 다가와서 완의 손을 잡았다.

"거기 누구야!"

거친 목소리가 산을 울렸다. 완과 모르는 아이는 손을 잡은 채로 굳어졌다.

그다음 순간 완은 뛰기 시작했다. 손을 잡힌 채로 모르는 아이도 완을 따라 함께 뛰었다.

"서라!"

사나운 목소리가 뒤에서 외쳤다.

"거기 서!"

완은 모르는 아이의 손을 더욱 세게 잡고, 있는 힘껏 뛰었다.

완의 허리가 폭발했다. 등 전체가 산산조각 나는 듯한 충격이었다. 그 서슬에 완은 잡고 있던 모르는 아이의 손을 놓쳤다. 땅이 순식간에 솟아올라 완의 얼굴에 사정없이 부딪혔다. 등이 타오르는 듯한 고통이 느껴졌다. 등이 타오르고 세상이 부서지는 고통이 깜깜한 하늘과 어두운 땅을 온통 뒤엎었다. 그리고 완은 그 고통을 찢는 날카로운 파열음을 들었다.

완은 소스라치게 놀랐다. 눈앞이 깜깜했다. 식은땀이 솟고 심장이 두근거렸다.

"환자분? 환자분, 괜찮으세요?"

이제는 익숙해진 목소리가 들렸다. 완은 선명한 분홍색 머리카락을 떠올렸다. 파란 티셔츠와 하얀 의사가운과 가슴팍에 새겨진 의사의 이름이 자동으로 따라서 연상되었다. 아직 몸을 움직일 수 없었다. 그래도 완은 차츰 떨림이 멎고, 마음이 편해지는 것을 느꼈다. 자신은 병원에 있었다. 트라우마 완화를 위한 치료를 받고 있었다. 의사가 지켜보고 있었다. 인공지능이 자신을 이끌어 주고 있었다. 어둠 속에서 쫓기고 도망치고 총을 맞고 죽어 갔던 모든 이름 없는 여자들과 아이들의 기억 속으로. 완은 깊이 숨을 들이쉬었다. 무서웠지만 용기를 내야 했다. 피를 흘리며 고통과 두려움을 견디며, 역사의 암흑 속을 자신의 두 팔만으로 기어서 헤쳐 나간 여자아이는 세상에 완 혼자만이 아니었다.

완은 산길을 걷고 있었다.

오르막길이었다. 엄마 손을 잡고 따라 걸었다. 엄마 앞에도 사람들이 줄줄이 걸어갔다. 완의 뒤에도 사람들이 줄지어 따라왔다. 완장을 찬 군인들이 총을 들고 앞뒤 양옆에서 사람들을 감시하며 같이 걸었다. 사람들은 완장

찬 군인들이 시키는 대로 갔다. 산길을 걸어 올라가기도 했고, 산등성이에서 꺾어지기도 했고, 내리막길을 걸어 내려가기도 했다. 골짜기에 이르렀을 때 군인들이 사람들을 멈추어 세웠다. 남자 두 명을 앞으로 불러냈다. 삽을 주고 땅을 파게 했다. 완의 어머니가 울기 시작했다. 완은 어머니 손을 꽉 잡았다. 줄지어 선 사람들 사이에서 여기저기 탄식하는 소리, 한숨과 울음소리가 새어 나왔다. 군인들이 조용히 하라고 사납게 고함쳤다. 위협적으로 총을 흔들었다. 탄식과 울음소리가 조금 조용해졌다.

"엄마."

완은 엄마를 쳐다보았다. 뭐든지 말하려 했다. 무슨 말이든 상관없었다. 위로받고 싶었다. 위로하고 싶었다.

"아무 말도 하지 마라."

엄마가 소곤거렸다.

"우린 이제 다 죽는다."

완은 목이 턱 막히는 것을 느꼈다.

남자들이 땅을 다 파서 크고 길쭉한 구덩이를 만들었다. 군인들이 총을 휘두르며 소리 질렀다. 줄지어 선 사람들 모두 구덩이 속으로 들어가라고 했다. 완은 움직일 수 없었다. 몸이 뻣뻣했다. 다리가 굳어 버린 듯 무거웠다. 뒤에서 군인이 총으로 완의 등을 후려쳤다. 고함을 질렀다. 완은 울면서 억지로 다리를 움직였다. 구덩이 속으로 내려갔다. 총소리가 땅과 하늘을 갈가리 찢었다. 완은 허리가 폭발하는 것을 느꼈다. 허리와 몸통이 산산조각 나는 것 같았다. 등 전체에 불이 붙은 듯 아팠다. 숨을 쉴 수 없었다.

"엄마."

완이 속삭였다. 고개를 돌리려 했다. 엄마를 찾아야 했다. 몸이 움직여지지 않았다.

"엄마."

아무도 대답하지 않았다. 완은 눈으로만 사방을 둘러보았다. 엄마는 옆에 쓰러져 있었다. 뒷머리에서 피가 흘러내렸다. 엄마의 목깃을 적시고 하얀 저고리를 붉게 물들였다.

"야."

거친 목소리가 말했다.

"이 빨갱이 이거 아직 살아 있네?"

단단하고 둥근 것이 목과 어깨를 쿡쿡 찔렀다.

"빨갱이는 죽여야지."

다른 사나운 목소리가 대답했다.

목덜미에 조그맣고 단단한 총구가 닿았다. 총구는 아주 뜨거웠다. 수없이 총알을 내뱉어 마을 하나를 몰살했기 때문이다. 완의 엄마를 죽이고, 완을 죽였기 때문이다.

"할머니?"

다정한 목소리가 멀리서 들렸다. 완은 대답하려 했다. 그래, 할머니 여기 있다. 목소리가 나오지 않았다. 몸이 움직이지 않았다. 머리가 무거웠다. 다리가 무거웠다.

완은 숨을 헐떡이며 눈을 떴다. 손녀가 걱정스러운 얼굴로 옆에 앉아 있었다. 완의 손을 꽉 잡은 손녀의 따뜻한 손이 느껴졌다.

"괜찮아요, 할머니?"

완은 한동안 말을 할 수 없었다. 손녀가 일어나서

물을 가져왔다. 완은 다급하게 물을 들이켰다.

"천천히, 천천히…."

손녀가 조심스럽고 상냥하게 완을 달랬다. 완의 등을 살살 쓰다듬었다. 완은 차츰 가쁜 숨을 가라앉혔다. 시원한 물이 입술을 적시고 목으로 넘어가며 몸을 식혔다. 손녀의 부드러운 손이 등을 만져주었다. 몸의 긴장이 풀리고 떨림이 멈추었다.

침대에서 일어나 휠체어에 옮겨 앉아 떠날 채비를 하면서 완은 의사에게 물었다.

"그 인공지능이 접근한다는 데이터베이스가 어느 거예요?"

"네? 어느 데이터베이스요?"

의사는 한 번에 이해하지 못했다. 완이 다시 설명했다.

"그 왜, 인공지능이 내 꿈에 들어와서 꿈 시나리오를 만들 때 쓰는 데이터베이스 말예요."

의사는 이제 알겠다는 표정이 되었다.

"정해진 데이터베이스가 하나만 있는 건 아닙니다.

사람마다 경험이 다르고 살아온 삶이 다르기 때문에, 하나의 데이터베이스를 정해서 사용하기보다는 넷에 연결한 상태로 인공지능이 사용자의 경험과 요구에 따라서, 그때그때 필요한 요소들을 여러 데이터베이스에서 끌어다 사용하고 있습니다."

"그러면 내가 보는 이 장면들은 누가 지어내서 데이터베이스에 저장해 둔 건가요?"

완이 다시 물었다. 의사가 고개를 갸웃했다.

"환자분 경우에는 그게 아닌 것 같습니다."

"그럼 진짜 있었던 일이라는 건가요?"

의사가 태블릿을 펼쳤다. 화면에 나타난 내용을 진료실 벽에 걸린 큰 화면으로 띄워 보냈다.

"전에 말씀하신 이 장면, 굴다리 나오고 미군 나오고, 이건 노근리 같습니다."

완은 고개를 저었다. 노근리가 무엇인지 완은 알지 못했다. 의사는 태블릿 화면을 쳐다보면서 또 다른 장면을 벽에 걸린 큰 화면에 띄웠다.

"지난번에 말씀하신 이 부분은 일본군 전쟁 성범죄

생존자분 증언하고 연결되고요….”

“증언요?”

완이 고개를 번쩍 들었다.

“증언이 있어요?”

“1991년 8월 14일이라고 합니다.”

의사가 말했다. 태블릿 화면을 손가락으로 눌렀다. 벽에 걸린 큰 화면 속, 화질이 몹시 좋지 못한 흐릿한 영상 속에서 여성이 말하고 있었다.

- 나라가 없기 때문에 이런 희생을 당했는데, 나는 희생자의 한 사람이에요. 그걸 부끄럽다고 생각해선 안 되죠. 예, 할 말은 당연히 해야죠. 왜 부끄러워. 난 부끄럽게 생각 안 해요.

완은 대형 화면 속의 흐릿한 얼굴을 홀린 듯이 바라보았다.

화면 속의 여성이 말했다.

- 가슴에 품은 한을 어떻게 풀어야 할지, 풀 수가 없어요. 이 마음을.

“1991년이라고요?”

완은 화면을 바라보며 중얼거리듯 물었다. 의사가 대답했다.

"네."

1991년. 그때 나는 뭘 하고 있었더라. 완은 가만히 기억을 더듬었다. 결혼한 지 얼마 되지 않았을 때였다. 새로 구한 신혼집이 완에게는 전쟁터였다. 집이 좁아서 집안에서 휠체어를 탈 수 없으니 완은 기어 다녀야 했다. 바닥에서 생활하는 완에게 모든 것이 너무 높았다. 부엌 조리대도, 싱크대도, 화장실 세면대도, 화장실 문과 부엌문의 문고리도 바닥에선 손이 닿지 않았다. 친정에서 생활할 때는 어머니가 돌봐 주었다. 완이 다리를 쓰지 못하게 된 후로 미닫이로 바꿀 수 있는 문은 전부 교체했다. 이제는 결혼해서 자기 살림을 가지게 되었다. 그러니 친정어머니에게 계속 의지할 수는 없었다. 친정어머니가 도움을 제안했지만, 완이 거절했다. 남들이 하듯이 자신도 자기 집을 자신이 원하는 보금자리로 만들어 보고 싶었다.

밥통은 바닥에 내려놓고 사용할 수 있었다. 그러나

불을 쓰는 요리는 완에게 너무 위험했다. 요리는 남편이 하게 되었다. 빨래와 청소는 완이 맡았다. 그런 일들을 남편과 상의하고, 새집의 새살림 도구들을 시험하고, 손이 닿지 않는 곳을 손에 닿게 만들고, 할 수 없는 일을 할 수 있게 만드는 방법을 궁리하면서 신혼이 지나갔다. 즐겁고 행복했지만 힘들고 때로는 정말로 위험한 시간이었다. 그때 내가 텔레비전을 보았던가? 화면 속 저분의 증언을 들었던가? 완은 기억할 수 없었다.

텔레비전 전원 버튼은 완의 손이 닿는 곳에 있었다. 그러나 채널을 돌리려면 받침대를 올라가야 했다. 그래서 완은 남편이 틀어놓은 채널을 뭐가 됐든 그냥 그대로 계속 온종일 방치하곤 했다. 사람 목소리가 들리면 아무도 없는 집안이 조금 덜 외로웠다. 삶은 언제나 투쟁이었고, 텔레비전 채널의 높이부터 조리대와 싱크대와 세면대의 높이까지 완에게 주어진 선택지는 너무 적었다. 완은 모든 면에서 자신을 위협하는 세상에서 하루하루 살아남는 것만으로도 벅차서 그

때는 바깥세상에 귀 기울일 여력이 없었다. 화면 속의 여성을 바라보며 완은 그 사실이 새삼 안타깝고 미안했다.

- 앞으로 이런 일이 다시 일어나지 않게… 일본 정부에서도 잘못한 것은 어디까지나 잘못했다고 말 한마디라도 해 주시고….

일본 정부는 잘못을 인정하지 않았다. 보통 가해자들은 인정하지 않는다. 완은 자신의 도시를 탱크로 둘러싸고 자신과 고향 사람들을 총으로 쏘라고 명령했던 살인자의 어처구니없이 평온한 죽음을 생각했다. 살인자는 부유하고 안락하게 살았다. 그리고 나이 들어 자연스럽게 죽었다. 그때 남편은 전에 없이 머리를 싸매고 드러누웠다. 완은 며칠 동안 제대로 음식을 먹을 수 없었다. 목구멍으로 뭐든 넘기기만 하면 도로 토해 내곤 했다.

화면을 쳐다보면서 완은 생전 처음으로 자신도 말하고 싶다고 생각했다. 잘못한 것은 잘못했다고 말하라고, 화면 속의 사람처럼 또박또박 말하고 싶었다.

완은 그런 생각을 입 밖에 내지 않았다. 다음 진료를 예약했다.

집에 돌아오는 차 안에서 완과 민은 각자 통신기기 화면을 들여다보았다. 민은 친구들과 이야기하면서 옥에게 오늘 진료 경과를 보고했다. 완은 1991년의 증언 영상을 다시 보고 있었다. 화면 속의 여성은 오십 년 만에 처음으로 침묵을 깼다. 그의 증언은 역사를 뒤흔들었다. 완은 자율주행차가 집에 도착할 때까지 계속해서 여성들의 증언을 찾아보고 또 보았다.

완은 흔들렸다. 누군가 자신의 머리채를 잡아끌고 가는 것을 어렴풋이 느꼈다. 머리카락이 다 뽑히는 것 같았다. 팔과 어깨가 바닥에 쓸리고, 벽과 문지방에 함부로 부딪혀 아팠다. 그런데 명치 아래로는 마치 몸이 뭉텅 잘려나간 듯 아무것도 느껴지지 않았다. 소리 지르려 했으나 목소리도 나오지 않았다.

완은 길에서 잡혀 왔다. 집은 시골이었다. 동생들은 아래로 줄줄이 배를 곯았다. 엄마는 또 임신했다. 흉년이었다. 먹을 것도 돈도 없었다. 그래서 완은 돈을 벌어 오겠다고 무조건 서울로 왔다. 그러나 기술도 없고 경험도 없었다. 어디로 가야 일자리를 찾을 수 있는지도 몰랐다. 어린 여자아이에게 서울은 지나치게 크고 너무 복잡했다. 완은 기차역을 나와서 공장이 많이 있다는 곳으로 가려고 했다. 그러다가 완은 버스를 잘못 탔다. 반대 방향으로 가는 버스를 타고 돌아가서 다시 다른 버스를 타야 했다. 차비가 모자랐다. 할 수 없이 걷기 시작했다. 방향을 몰라서, 아까 탔던 버스와 같은 번호가 지나가면 반대 방향으로 계속 걸었다.

해가 저물었다. 그리고 완은 완장을 찬 무서운 사람들에게 붙잡혔다. 트럭에 실렸다. 완은 이름과 집 주소를 말하고 집에 보내 달라고 빌었다. 아무리 빌어도 완장 찬 사람들은 들은 척도 하지 않았다. 트럭이 멈추어 선 곳에서 짐칸에 탔던 여자들이 줄줄이 내렸다. 그리고 한 마디 설명도 없이 구타가 시작되었다. 완은 쏟아지는 몽둥이와 발길질을 피해 도망쳤다. 커다랗고 단단한 나무 몽둥이가 뒤에서 완을 때렸다. 쓰러진 완의 허리와 등을 짓밟았다.

완은 움직일 수도 말할 수도 없었다.

완을 끌고 가던 사람들이 완의 몸을 붙잡아 어딘가에 던져 넣었다. 말로 표현할 수 없는 역한 냄새가 풍기는 좁은 공간이었다. 사람들이 가버리고 한참이 지나도 완은 움직일 수 없었다. 손이 차갑고 허리가 화끈거리는 것 같았다. 추운 것 같기도 하고, 저린 듯 쓰린 듯 견디기 힘든 느낌이 들었다. 완은 천천히 힘겹게 양팔로 상체를 받쳤다. 조심스럽게 몸을 일으켜 보았다. 방은 어두웠다. 앞이 보이지 않았다. 완은 팔을 움직였다. 무작정 앞으로 기어가기 시작했다.

쉽지 않았다. 몸은 무거웠다. 바닥은 사람들의 똥과 오줌과 피와 침과 그밖에 알 수 없는 물질들이 범벅이 되어 끈적끈적했다. 숨도 쉴 수 없는 구역질 나는 악취가 방에 가득했다. 그런 바닥에 사람들이 아무렇게나 널브러져 있었다. 사람들의 힘없고 무거운 팔다리와 몸통이 완의 손과 등과 어깨를 붙잡았다. 완은 있는 힘을 다해 양팔을 움직였다. 악을 쓰며 몸을 끌어당기고 또 끌어당겼다. 이곳에서 벗어나고 싶었다. 집에 가고 싶었다. 살고 싶었다.

완은 양팔에 자신의 생을 걸고 기었다.

"움직이지 마."

가느다란 목소리가 뒤쪽 어딘가에서 들려왔다. 완은 더럭 겁이 났다.

"괜히 설치다간 맞아 죽어."

완은 양팔을 힘껏 휘둘렀다. 더 서둘러 움직이려 했다.

몸이 더 이상 나아가지 않았다. 감각이 없는 명치 아랫부분 어딘가에 죽은 사람이 걸린 것 같았다. 두 손으로 땅을 아무리 움켜잡고 끌어당겨도, 양팔로 앞을 아무리 휘저어도 몸이 전혀 움직이지 않았다.

"야."

완은 뒤를 돌아보았다. 자기 또래의 모르는 아이였다. 허리에 총을 맞았을 때 손을 놓쳤던 아이의 겁에 질린 얼굴과 크게 뜬 눈물 젖은 눈이 어둠 속에서 희끄무레하게 보였다. 모르는 아이의 작은 손이 완의 피에 젖은 치마를 꼭 잡고 있었다. 완은 한순간 안도했다.

"야."

아이가 뭐라고 말하는지 잘 들리지 않았다. 완은 힘겹

게 몸을 돌렸다. 모르는 아이를 향해서 기어가기 시작했다.

뒤에서 문이 벌컥 열렸다.

"이 병신 이거 안 죽었네?"

거친 목소리가 말했다. 완이 뒤를 돌아볼 틈도 없었다. 사나운 발이 바닥에 쓰러진 사람들을 밟으며 다가왔다. 완의 목덜미를 짓밟고 머리를 걷어찼다. 완의 몸이 쓰러진 사람들 위로 벌렁 뒤집혔다. 거친 목소리의 남자가 커다란 몽둥이를 들어 올렸다. 완의 얼굴을 향해 힘껏 내리찍었다.

완은 놀라지 않았다. 이 장면들이 자신의 경험이 아니라는 사실을 완은 이제 알고 있었다. 그러나 의사의 말이 옳다면 이것 또한 누군가의 경험이고 증언이었다. 그래서 완은 슬펐다. 이런 끔찍한 일을 실제로 겪은 사람이 있다는 사실에 견딜 수 없이 슬펐다.

- 이 빨갱이 이거 안 죽었네?

또 다른 흉한 목소리가 말했다. 완은 고개를 들었다. 눈앞에 새까맣고 단단한 총구가 보였다.

- 빨갱이는 죽여야지.

총구에서 불꽃이 터져 나왔고 귀를 찢는 듯한 소리가 사방을 울렸다.

- 빨갱이는 다 죽여야 해.

총 든 사람들이 말했다.

"빨갱이 아니야."

완이 말했다.

아무도 대답하지 않았다. 완은 사방을 둘러보았다. 어둠 속에 희끄무레하게 모르는 아이의 형상이 보였다. 완은 있는 힘을 다해 모르는 아이 쪽으로 기어가기 시작했다. 완이 마침내 다가가서 얼굴을 가까이 댔다. 모르는 아이는 더 이상 움직이지도 말하지도 않았다. 겁에 질린 눈은 그대로 크게 뜬 채 어딘지 모를 어둠 속을 향했다. 아이의 눈은 어둠에 가득 차 아무것도 보고 있지 않았다.

"빨갱이 아니야."

말하면서 완은 자신의 목소리에 잠에서 깨어났다. 깨어난 뒤에도 완의 입안에는 외치고 싶은 말들이 한아름 남아 있었다. 병신이라고 하지 마. 네가 총 쏴서 이렇게 만들었잖아. 난 빨갱이가 아니야. 난 그냥 아이였어. 중학생이었다고. 목소리가 되어 나오지 않는 말들을 평생 그래왔듯 그저 목구멍으로 삼키면서 완은 울기 시작했다. 의사가 말없이 휴지를 내밀었다.

"말씀해 보시겠어요?"

완이 충분히 울고 나서 흐느낌을 멈출 때까지 기다렸다가, 의사가 부드럽게 물었다.

"그 증언이 어느 한 데이터베이스에 모여 있는 건 아니라고 하셨죠?"

대답 대신에 완이 조금 더듬거리며 물었다.

"역사와 관련된 데이터베이스에는 거의 다 있습니다."

의사가 대답했다. 완은 의사가 또 태블릿을 펼칠 거라고 예상했다. 역시 의사는 태블릿을 펼쳤다. 그리고 화면 속 내용을 벽의 큰 화면으로 띄워 보냈다.

“산이 나온 장면이 두 번 있었는데, 4.3 사건이나 아니면 보도연맹 같습니다. 오늘 보여 주신 장면들, 어두운 방에 갇힌 사람들과 폭행 장면은 잘 모르겠는데, 검색해 보니까 군사정권 시절 강제수용소와 관련된다고 나와 있고요….”

“인공지능이 저한테 이런 장면을 자꾸 보여 주는 이유가 뭘까요?”

완이 물었다.

“저도 무슨 증언을 하라는 걸까요? 그렇지만 그게 대체 언제 일인데….”

“전에도 말씀드렸지만, 인공지능은 사람처럼 의도를 가지고 행동을 하는 게 아닙니다.”

의사가 살짝 웃으며 설명했다.

“말씀하시고 싶지 않으면 말씀 안 하셔도 됩니다. 모든 사람이 자기의 모든 경험을 다 이야기해야만 하는 것도 아니고, 그런다고 순식간에 ‘정상’으로 돌아오는 것도 아니고요.”

“그럼 전 대체 어떻게 해야 해요?”

완이 절박하게 물었다. 의사는 분홍색 머리를 숙이고 잠시 고민했다.

"시뮬레이션은 그냥 장면들의 연속이고, 인공지능은 사람처럼 의도를 가지고 뭘 암시하거나 어떻게 하라고 지시하지 않습니다만."

의사가 완을 진지하게 쳐다보면서 조심스럽게 전제했다. 그리고 말을 이었다.

"그래도 우리는 사람이니까, 만약에 인공지능을 사람처럼 생각한다면 말입니다. 만약입니다만."

"네."

완이 고개를 끄덕였다.

"아마도 인공지능은, 선생님과 같은 일을 많은 사람이 겪었고, 많은 사람이 증언했고, 그러니까 선생님은 혼자가 아니라고 알려 주고 싶은 거라고 생각합니다."

자신을 부르는 호칭이 '환자분'에서 '선생님'이 되었다는 사실이 완은 왠지 신경 쓰였다. 의사가 이어서 물었다.

"국가 폭력 피해를 겪고 생존하셨지요?"

완은 숨이 턱 막혔다. 처음이었다. 자신이 겪은 일에 이렇게 명확한 이름이 있었다. 그것은 폭력이었다. '나쁜 일'이 아니라, '말 못 할 일'이나 '그 일'이 아니라, 폭력이었다. 국가가 저지른 폭력.

"오래된 일이라고 해서 역사를 잊어도 되는 건 아니지요. 오히려 시간이 지났기 때문에, 시간은 계속 흘러가기 때문에, 사람들이 잊어버리기 때문에, 잊지 않기 위해서 몇 번이고 다시 이야기해야 하는 일도 있는 법입니다."

의사가 천천히 말했다. 완은 대답을 할 수 없었다. 그저 숨을 쉬기 위해 애쓰고 있었다.

"그러니까 말씀하시고 싶을 때, 말씀하시고 싶은 만큼만, 그 말을 귀담아 들어줄 사람들한테 말씀하시면 좋을 거라고 생각합니다."

의사가 상냥하고 조심스럽게 제안했다. 완은 말없이 고개를 끄덕였다.

·

집에 돌아오는 차 안에서 완은 딸과 손녀에게 무슨

말을 언제 어떻게 해야 할지 궁리했다. 말하고 싶었지만, 말해야겠다고 생각했지만, 아무래도 막막했다. 어쨌든 꼭 할 얘기가 있다고 일단 선언했다. 완은 딸이 퇴근하는 저녁 시간까지 기다리면서 계속 궁리하고 고민했다. 평소와 달리 완이 말없이 생각에 잠긴 모습을 보고 손녀는 눈치를 보며 걱정했다. 긴장된 분위기 속에 가족은 저녁을 먹었다. 그리고 완과 옥과 민은 거실에 다시 모였다.

"내 다리 말이다. 허리에 있는, 그거, 흉터."

긴 침묵 끝에 완이 서투르게 입을 열었다.

"내가 민이만 했을 때였어."

완은 자신도 모르게 갑자기 울기 시작했다. 옥과 민이 당황해서 완에게 다가왔다.

"엄마, 왜 그래?"

"할머니… 울지 말아요, 할머니."

완은 자신을 둘러싼 딸과 손녀를 한껏 품에 끌어안았다.

"내 새끼… 우리 강아지…."

완은 말하며 울었다. 딸과 손녀를 품에 안고 쓰다듬으며 울었다. 한참이나 딸과 손녀를 쓰다듬으며 흐느끼다가 완은 숨을 가다듬었다. 그리고 학교가 갑자기 끝나서 영문도 모르고 집에 가다가 총에 맞아 허리에서 피를 쏟으며 양팔로 기어서 골목 뒤의 미용실까지 가서 미용실 원장 아줌마가 피투성이 완을 안아서 질질 끌고 뒷방에 숨겨주어 살아난 이야기를 완은 서투르게, 가끔은 말을 더듬으며, 눈물에 목이 막혀 기침하며, 조심스럽게 가족 앞에서 증언하기 시작했다. 귀 기울여 들어주고 함께 울어 주는 다정하고 안전한 사람들 앞에서, 완은 그때 엉겁결에 같이 손잡고 달렸던 옆 반 잘 모르는 아이가 쓰러져 커다랗고 텅 빈 눈으로 애처롭게 바라보는 모습을 뒤로하고 혼자 골목을 기어가서 미용실 미닫이문을 열고 지쳐 쓰러졌던 이야기를 눈물을 흘리며, 더듬거리며, 자신의 목소리로, 마침내 처음으로 세상에 내놓았다.

작가의 말

## 폭력의 참상과 증언하는 용기에 관하여

전쟁이나 그에 준하는 대규모 국가폭력 사건에 대한 글을 쓸 기회가 드물게 찾아올 때면 언제나 실제 경험하고 생존하신 분들의 증언을 가능한 한 열심히 찾아보는 편이다. 피해자분들과 그 가족분들께 또 다른 피해를 주고, 상처를 안겨드려서는 안 되기 때문이다. 그래서 이번에도 차근차근 찾아봤는데, 보도연맹 사건, 노근리 학살사건, 광주 민주화 운동의 증언을 정리하다 보니 너무나 비슷한 부분이 있었다. 학살을 저지른 주체는 대한민국 군대일 수도 있고, 반공단체일 수도 있고, 미군일 수도 있고, 상황에 따라 조금씩 다르지만, 요점은 같았다. 그 공통점은 '비무장 일반 시민들을 빨갱이로 몰아서 쏘아 죽였다'라로 요약할 수 있다. 보도연맹 사건은 해당 지역에서 괴담이 되어 전해 내려올 정도였으니, 흥미 위주의 관점을 배제하고 진중하게 생각해 보면 얼마나 공포스럽고 부조리한 사건이었는지 짐작할 수 있다.

'삼청교육대'로 대표되는 국가 주도의 불법감금과 강제노동 수용소 사건들도 마찬가지였다. 가장 잘 알려진 강제수용소가 전두

환 군부정권 시절의 삼청교육대지만, 그 이전 박정희 정권 시절에 '대한청소년개척단', '합심자활개척단' 등이 있었고, 이후에는 '형제복지원'이 있었으며, 어린이와 청소년을 강제수용하고 가혹한 노동을 시켰던 '선감학원'이 있었다. 모두 일제강점기에 식민지 조선을 관리하기 위해 만들어진 법령을 모태로 하여 자국민 중 일부를 '쓸모없는 인간'으로 치부하고 강제로 '갱생'시킨다는 미명하에 가혹행위와 강제노동과 수많은 이름 없는 죽음을 강요했던 제도적 폭력이었다.

보도연맹 사건이 괴담으로 전해져 온 데서 알 수 있듯이, 이런 사건들은 제대로 말해지지 않고, 그러므로 제대로 기록되지도 않는다. 개인이 개인에게 저지른 사건이 아니라 국가가 저지른 폭력이기 때문에, 국가와 권력의 관점에서 피해자에게 뒤집어씌운 오명이 오래 남기 때문이다. 그리고 피해자는 그런 오명으로 인해 언제 또 다른 피해를 볼지 모른다는 두려움에 피해 사실을 숨기면서 살아가는 일이 많다. 국민을 인권을 가진 사람이 아니라 쓸모있는 노동력이나 쓸모없는 물건 정도로 바라보는 사회체제 안에서 생존하려면 그렇게 해야만 했기 때문이다. 20세기 한국에서는 그런 폭력적이고 억압적인 사회체제가 너무 많고 너무 길었다. 국가폭력 피해 사실을 이야기하면 또다시 '빨갱이'로 몰려 당사자뿐 아니라 가족 전체가 위험해질 수도 있었다. 그런 시절이었다.

시간이 지나면 피해 사실을 증언하기가 점점 더 어려워진다. 일단 피해자 본인이 피해 사실을 이야기하기 괴롭다. 자신이 당했던 폭력과 인권침해를 다시 생각해 보아야 하기 때문이다. 그리고 다른 사람도 피해 사실 증언을 들어주기란 괴로운 일이다. 상황을 아는 사람은 알기 때문에 괴롭고, 상황을 모르는 사람에게 이런 증언은 충격이다. 게다가 피해자는 상황을 모르는 사람에게 피해 사실을 증언하려면 앞뒤 맥락을 일일이 설명해야 한다. 그것도 괴로운 일이다. 결국 피해를 본 사실도 억울한데 내가 본 피해를 계속 다시 생각하고, 왜 그런 폭력이 저질러졌는지 분석하고 그걸 정리해서 설명하고…. 이런 힘들고 괴로운 일을 또 하느니 그냥 얘기 안 하고 사는 쪽을 택한다. 피해자로서는 논리적인 선택이다. 괴로워서 다시 생각하지 않고, 얘기하지 않겠다는데 피해자를 탓할 수는 없다.

이런 여러 가지 상황과 배경이 있기 때문에, 나는 김학순 선생님의 증언이 대한민국 인권 운동사와 여성 운동사에 커다란 한 획을 그은 위대한 사건이라고 생각한다. 일본군 전쟁 성범죄와 '위안부'로 통칭되었던 전쟁 성노예 제도는 제국주의 지배자의 인종차별과 여성에 대한 성차별이 극단적으로 뒤얽혀 만들어 낸 대규모의 반인권적 범죄였다. 김학순 선생님은 그런 국가적 규모의 범죄 피해를 피해 사실로서 처음 증언하고, 상대 국가에 사죄와 배상을 요구했다. 일본은 지금까지 사죄하지 않고, 배상은 물론 피해 사실에 대한 인정조차 점점 멀어져 가는 것처럼 보인다. 그러나 김학순 선생님의 증언은 영원히 남을 것이다. 진실은 한번 터져 나오면 다시 숨길 수 없기 때문이다.

'증언'을 이야기의 중심으로 삼고 나서, 국가 폭력의 증거를 몸에 간직한 채 살아가는 주인공을 묘사하기 위해서 '장애여성공감'에서 펴낸 책《어쩌면 이상한 몸》을 참고했다. 사실《어쩌면 이상한 몸》은 이 이야기를 쓰기 훨씬 전에 읽은 책이었다.《어쩌면 이상한 몸》은 정말 굉장한 책이다. 책 전체가 장애 여성으로 살아간다는 것에 대한 증언이기도 하고, 장애 여성의 삶을 끊임없이 밟고 부수려 드는 사회에 대한 항거이기도 하다. 그리고 무엇보다 사람이 살아간다는 것이 얼마나 깊고 강렬한 일인지, 그 행복과 불행과 슬픔과 기쁨과 분노와 후회와 즐거움과 안타까움을 다채로운 방향에서 말해 주는 삶의 경험담을 모은 책이기도 하다.

그리고 《어쩌면 이상한 몸》은 현재 우리가 살아가는 21세기의 증언이다. 빨갱이로 몰아서 쏘아 죽이는 사건이나 식민지의 여성이라서 강제로 끌려가는 사건은 20세기에 일어난 일이고 더는 없을 것이다(없어야만 한다). 그러나 장애인, 저소득층, 인종적 약자, 성 소수자, 어린이, 여성, 노약자 등 모든 사회적 약자에 대한 체계적인 억압이나 구조적인 폭력은 국가와 사회가 존재하는 한 어디선가는 이어질 것이다. 그러니까 우리는 약자의 증언에 귀 기울여야 한다. 귀 기울여 듣고 공감하고 함께 행동하지 않으면, 폭력의 체계는 영원히 변하지 않기 때문이다. 약자의 증언에 귀 기울이고, 기록하고, 기억하고, 생각해야만 우리의 21세기는 지난 시절보다 조금 더 나아질 수 있다.

## 전혜진

SF 작가이자 만화 스토리 작가. 《월하의 동사무소》로 데뷔한 이래 만화/웹툰, 추리와 스릴러, 사극, SF 등 장르를 넘나들며 다양한 작품을 쓰고 있다.
여성의 역사에 주목하는 논픽션인 《순정만화에서 SF의 계보를 찾다》, 《여성, 귀신이 되다》, 《우리가 수학을 사랑한 이유》, 장편소설 《280일: 누가 임신을 아름답다 했던가》, SF 단편집 《아틀란티스 소녀》를 발표했으며, 《감겨진 눈 아래에》, 《살을 섞다》, 《책에 갇히다》, 《5월 18일, 잠수함 토끼 드림》 등의 앤솔러지에 참여하였다.

## 정명섭

1973년 서울에서 태어났다. 대기업 샐러리맨과 커피를 만드는 바리스타를 거쳐 전업 작가로 활동 중이다. 역사에 관심이 많으며, 남들이 잘 모르는 역사를 이야기하는 것을 좋아한다.
《미스 손탁》, 《유품정리사》, 《저수지의 아이들》, 《남산골 두 기자》 등 여러 책을 썼으며, 《격리된 아이》, 《로봇 중독》, 《대한 독립 만세》, 《일상 감시 구역》 등을 함께 썼다. 2020년 한국추리문학상을 받았다.

## 정보라

연세대학교 인문학부를 졸업하고, 대학에서 러시아어를 전공하여 한국에서는 아무도 모르는 작가들의 괴상하기 짝이 없는 소설들과 사랑에 빠졌다. 예일대학교 러시아 동유럽 지역학 석사를 거쳐 인디애나 대학교에서 러시아 문학과 폴란드 문학으로 박사학위를 받았다.
지은 책으로 장편소설 《붉은 칼》과 소설집 《저주토끼》 등이 있고, 《안드로메다 성운》 등 많은 책을 옮겼다. 2022년 《저주토끼》로 부커상 후보에 올랐다.

꿈꾸는섬 청소년문학 01
우리의 21세기

초판 1쇄 인쇄 2022년 6월 25일
초판 1쇄 발행 2022년 7월 1일

지은이 전혜진 정명섭 정보라
펴낸이 고대룡

편집인 박은영
디자인 마히나

펴낸곳 꿈꾸는섬
등록 제2015-000149호
전화 031)819-7896
팩시밀리 031)624-7896
전자우편 ggumsum1@naver.com
홈페이지 https://www.instagram.com/ggum.sum



ISBN 979-11-92352-03-9 44810
ISBN 979-11-92352-02-2 (세트)


※ 값은 뒤표지에 있습니다.